KB040323

아픔이 느껴지는 그곳에 멈춰 서라

아픔이 느껴지는 그곳에 멈춰 서라

마음의 벽을
허물어낸
사람들의
52가지 이야기

파멜라 블룸 지음
이상목 옮김

돋을새김

아픔이 느껴지는
그곳에 멈춰 서라

초판 발행 2015년 6월 3일

지은이 | 파멜라 블룸
옮긴이 | 이상목

발행인 | 권오현 부사장 | 임춘실
기획 | 이헌석 편집 | 김보라 · 김은경 디자인 | 안수진
마케팅 | 이종근

펴낸곳 | 돋을새김
주소 | 서울시 종로구 이화동 27-2 부광빌딩 402호
전화 | 02-745-1854~5 팩스 | 02-745-1856
홈페이지 | http://blog.naver.com/doduls 전자우편 | doduls@naver.com
등록 | 1997.12.15. 제300-1997-140호
인쇄 | 금강인쇄(주)(02-852-1051)

ISBN 978-89-6167-189-7 (03840)
Korean Translation Copyright ⓒ 2015, 이상목

값 11,500원

*잘못된 책은 구입하신 서점에서 바꿔드립니다.

자비의 유전자를 물려주신 부모님께,
그리고 그것이 잘 자라도록 이끌어주신 스승님들께

*
**

여기에 소개하는 가르침들이 보여주는 힘과 진실을 바탕으로
모든 존재가 행복을 누리고, 그것을 행복의 원천으로 삼아
슬픔과 슬픔의 원인에서 자유롭게 벗어나기를…
그래서 절대 슬픔이 없는 신성한 행복에서 멀어지지 않기를…
그리고 살아있는 모든 것의 평등함을 믿으며
안전하고 자유롭게 살아가기를…

다시 새로운 시작

21세기가 시작되고 지난 10년 동안에는 엄청난 변화가 있었다. 국제적인 테러리즘의 준동, 대규모 금융사기, 황폐해져 가는 지구 등과 같은 외부적인 사건들이 우리 인생의 항로를 영원히 바꾸어 놓았다.

하지만 지난 10년 동안 우리는 이전의 그 어느 때보다 서로에게 더 '가까워지기도' 했다. 인터넷과 위성TV 그리고 트위터의 폭발적인 사용 등에 힘입어 우리는 이제 다른 사람들의 삶에 즉시 영향을 끼칠 수 있는 수단까지 갖추게 되었다.

그것은 한편으로는 위험한 일이지만 반가운 일이기도 하다.

우리는 랩탑을 이용해 폭동을 촉발시키거나 갈등을 부추길 수도 있다. 그러나 평화적인 집회를 조직할 수도 있으며, 원격 진료도 할 수 있고 지구 반대편에 살고 있는 새로운 친구나 모르는 사람들과 함께 기도를 나눌 수도 있다.

이러한 변화가 긍정적이고 '평범한' 것일까? 나는 이러한 변화를 우리의 의식이 현실적으로 존재하는 방식이라고 말하고 싶다. 이제는 어디에 사는지, 종교는 무엇인지, 피부는 어떤 색인지와 같은 것은 전혀 중요하지 않게 된 것이다.

우리는 서로 떨어뜨려 놓을 수 없을 만큼 밀접하게 연결되어 있다. 그렇지 않다고 믿는 것은 고통의 원인이 된다.

하지만 서로 연결되어 있다는 생각이 모든 사람을 편안하게 만드는 것은 아니다. '언제나 누군가와 연결되어 있도록 해주는 변화가 사실은 더 많은 정신적 혼란의 원인이 되는 것은 아닐까?' 라는 의문도 품게 된다.

하지만 우리가 실질적으로 '연결되어 있다' 고 상상해보는 것은 어떨까.

최근에 이 책을 감명 깊게 읽었다는 〈뉴욕타임스〉의 국제판 편집자로부터 '엄청난 상실로 인한 슬픔을 극복할 수 있는 방법' 을 주제로 칼럼을 써달라는 부탁을 받았다. 1988년 스코틀랜드 상공에서

팬암 항공기를 폭파하여 259명의 인명을 살상한, 이른바 로커비 폭파범을 '자비로운 근거로' 조기 석방하는 것이 옳은지를 다루어 달라는 것이었다. 수감되어 있던 그 폭파범은 당시에 암으로 죽어가고 있었다.

사실, 이 책을 다시 펼쳐보기 전까지는 폭력적인 상황 끝에 겪게 되는 슬픔을 극복할 방법이 전혀 떠오르지 않았다. 하지만 책을 읽는 동안 용기 있고 통찰력 있는 이야기들 속에 담겨 있는 해결책들이 하나씩 떠오르기 시작했다. 그동안 까맣게 잊고 지내던 이 이야기들에서 새로운 영감을 얻을 수 있었던 것이다. 그리고 마침내 티베트 명상가의 단순하지만 심원한 말씀에서 가장 명확하게 핵심을 찌르는 진실을 발견하게 되었다.

'스스로 마음을 변화시키지 않는다면,

늘 자신을 해칠 수 있는 적을 만들고 있는 것과 같다.'

이것은 자신만이 옳다고 믿고 있을 때는 받아들이기 힘든 진실이다. 자신이 혹독한 상처를 받았으며 배신당했다고 느낄 때는 선택할 수 없는 험난한 길이다. 또한 수세기 동안 탄압받고 있는 자신의 부족을 생각한다면 몹시 고통스러운 선택이 될 것이다.

하지만 이 책에 글을 제공해주신 분들이 그랬듯이 나는 '마음'과 사유를 통해 얻게 된 판단력이 진실과 자유 그리고 지속적인 평화와 사랑으로 가는 유일한 길이라고 믿는다.

미래에 일어날 일은 아무도 알 수 없지만, 이 책은 분명 우리의 마음을 움직이고, 영혼을 치유하며, 세상을 변화시킬 기회를 제공할 것이다. 진정한 외적 변화는 오직 내면에서 시작될 수 있기 때문에, 분명히 그렇게 될 것이라고 믿는다.

자비의 힘은 이미 여러분의 내면에 준비되어 있다.

그것을 어떻게 이끌어낼 수 있을까?

축복과 깨달음을 위해, 파멜라 블룸

2010년 4월

가치 있는 삶을 위한 고민

나의 종교는 '친절' 입니다.

— 성하聖下 달라이 라마

엄밀히 말해 자비는 불교도들의 덕목이 아니다. 진정한 불교 수행자라면 자비는 말할 것도 없고 그 어떤 것에 대해서도 불교적이라고 이름 붙이는 것에는 아무런 관심이 없다. 불교의 가르침에서 자비는 누구나 다 행하는 보편적인 것이다. 테레사 수녀도 '자비와 종교는 아무런 관련이 없다' 고 했다.

그럼에도 불교의 가르침에는 자비를 이해하고 체험할 수 있도록 이끌어주는 매우 특별한 정취가 있다.

석가모니도 어느 한 생애의 노력을 통해 갑작스럽게 깨달음을 얻은 것이 아니라 했다. 오히려 헌신적으로 살았던 천 번의 생애를 거치는 동안 축적된 공덕이 궁극적인 깨달음의 바탕을 만들어냈던 것이다. 자신의 아버지는 필사적으로 인생의 가혹한 실상을 보지 못하도록 했지만, 왕자 싯다르타는 타인을 위해 깨달음을 얻겠다는 염원을 마음 깊은 곳에 담아두고 있었다. 그가 도달한 궁극적인 깨달음은 모든 인생은 어쩔 수 없이 서로 뒤엉켜 있는 덧없는 것이며, 그렇지 않다고 상상하는 것이 모든 고통의 뿌리라는 것이었다. 그리고 그런 깨달음과 자비심은 분리될 수 없다는 것을 명쾌하게 밝혔다.

사람들은 왜 이러한 부처의 진실을 따르는 것일까?

나는 개인적인 고통을 이해하기 위해 명상 공부를 하다가 부처의 가르침을 따르게 되었다. 1978년, 음악대학에 재학 중이던 나는 더 이상 성악을 할 수 없게 되었다. 그 후로 깊은 우울증에 빠져들어 정신적 탐구를 시작하게 되었는데, 목소리를 되찾는 일은 내 능력을 벗어나 신의 손에 달린 일이라는 것을 직관적으로 깨닫게 되었다.

한번은 외셀 텐진이 운영하는 명상 수행 센터에 머물고 있었다. 서방 세계에 처음으로 티베트 불교를 소개했던 최갼 트룽파 린포체의 수제자 외셀 텐진이 운영하는 그곳은 텍사스 외곽의 깊은 계곡에 자리잡고 있었다. 나는 주말 내내 제대로 된 명상을 하기보다는 거의 졸거나 지루함에 몸을 들썩였다. 하지만 외셀 텐진이 설법을 할 때만큼은 방석 끄트머리에 바싹 다가앉아 귀를 기울였다. 그의 말 속에는 사물을 꿰뚫어보는 힘이 있었다. 드넓은 목초지의 한가운데에서 그는 나의 목소리와 영혼을 치유할 방법을 들려주었다.

"360도의 통찰력을 계발하세요."

매우 인상적인 말이긴 했지만, 몇 년 후 음악평론가가 되어 위대한 재즈 보컬리스트인 바비 맥퍼린을 인터뷰할 때까지는 그것이 무슨 뜻인지 짐작조차 못하고 있었다. 대담한 즉흥연주자인 맥퍼린은 거의 무아의 상태에 빠져 마음이 이끌리는 대로 목소리를 자유자재로 구사하는 것으로 널리 알려져 있다. 그의 공연은 한결같이 특별한 공감을 자아냈다. 그 이유를 물어보자, 그는 "저도 잘 모르겠어요. 하지만 가끔 공연이 끝나갈 무렵이면 그곳엔 저도 없고 연주자들도 사라져버립니다. 오로지 관객들만 남아 있게 되죠." 라고 말했다.

이상하게 들릴 수도 있겠지만, 그의 말 속에는 자비의 본질을 이해하는 데 도움이 되는 특별한 것이 있었다.

부처가 설파한 자비는 주는 사람과 받는 사람, '나'와 타인과는 아무 관련이 없다. 사실, 자비심을 기르기 위한 불교의 명상 수련들은 모두 주는 것과 받는 것 사이에 존재하는 심연을 없애는 데에 초

점을 맞추고 있다. 다시 말해, 그런 심연이 있다는 생각조차 없애는 것이다. 나도 아니며 당신도 아닌 오로지 수많은 중생들만이 한결같이 해탈을 기대하며 끝없는 고통을 겪고 있는 것이다. 부처는 '해탈'은 치유이자 해독이며, 처방약이자 진통제로서 우리 내면의 깊숙한 곳, 자아의 본성 그 자체 내에 존재하는 것이라고 말했다.

고통과 자유의 본질을 이해하기 위한 부처의 가르침은 자신의 내면을 바라보는 것으로 시작한다. 자신의 노여움, 분노, 열정, 질투, 무지 그리고 탐욕을 바라보는 것이다. 부처는 인간이 겪는 고뇌의 핵심에는 완고한 자아에 집착하는 이기심이 있다고 말한다. 또한 그것이 영원할 것이라는 믿음도 마찬가지이다. 명상 수련은 이처럼 근원적인 집착의 습성을 인식하도록 일깨워주고 그것을 완전히 없애버릴 수 있도록 도와준다. 우리는 그러한 마음의 습성들을 서서히 알게 되면서, 더 이상 그것에 얽매이지 않겠다는 선택을 할 수 있게 된다. 그리고 자신이 고집하는 신경증적 심상의 방해 없이 실질적으로 다른 중생들을 있는 그대로의 모습으로 대하기 시작하는 것이다.

왜곡된 심상을 한 꺼풀씩 벗어던지고 마음을 내려놓게 되면 광대무변하고 가슴 뛰는, 너무나도 치유적이고 경이로우며 관념을 뛰어넘는 경지를 체험하게 된다. 이것은 오직 직접적인 경험만으로 도달할 수 있다.

　대부분의 사람들은 몇 년 동안 명상을 하더라도 그저 어렴풋하게, 눈 깜빡할 사이보다 짧은 찰나의 순간에 체험해볼 수 있을 뿐이다. 하지만 대오각성한 선사들은 시공을 초월하여 그 상태를 완벽히 유지할 수 있으며, 또한 받아들일 준비가 되어 있는 사람에게는 전달해줄 수도 있다. 그것을 정의할 정신적 부호는 전혀 없다. 무언無言 외에는 그런 상태를 표현할 수 있는 언어도 없다. 하지만 진정으로 특별한 것은, 부처가 말하기를, 그 상태가 비록 개념화할 수는 없지만 죽은 것이 아니며, 오히려 '생기'로 가득 차 있는 지혜와 자비의 궁극적인 결합이라는 점이다. 사실 우리는 언제나 그 상태에 머물고 있다. 그것은 태어나면서 우리에게 주어진 권한이며 참 존재의 유산이지만, 단지 욕망과 공격성 그리고 무지라는 정신적 야망에 가려 알아차리지 못하게 된 것일 뿐이다.

　산스크리트 어로는 'bodhichitta(보리심; 지혜로운 마음)'라고 부르는, 이러한 정신적 특질을 일깨우면 자비로운 행위가 무한한 차원으로 수행된다. 관념이나 낭만적인 환상이 아닌 모든 생명체와의 가장 깊은 인연으로부터 사랑의 감정이 일어나기 시작한다. 행위는 더 이상 '박애주의자의 선행'이 아니라 자연스러운 것이 된다. 관대함은 무한해지지만 잃을 것이 전혀 없기 때문에 순교나 자기희생의 위험 따위도 따르지 않는다.

어떤 과업을 성취하는 데 필요한 에너지는 그것을 추진하는 동기와 전혀 다르지 않다. 무수히 거듭되는 생애를 통해 타인을 위해 자신의 육신과 영혼을 건네주는 (예를 들어, 새끼에게 먹일 음식이 필요한 암호랑이에게 자신의 살과 피를 제공했던 것과 같이) 부처의 이야기는 무척이나 많다.

이 이야기를 보리심의 관점에서 보자면, 부처는 단지 가장 자연스럽게, 자신이 할 수 있는 유일한 방법으로, 충만한 기쁨 속에서 그렇게 행동한 것이다.

하지만 이러한 무욕의 경지는 거의 도달할 수 없을 것으로 보이며 실제로 가능한지 의구심까지 든다. 언젠가 뉴욕 소호 지역의 아늑하고 편안한 다락방에서 활기 넘치는 티베트 승려인 캬브제 겔렉 린포체의 설법을 들었던 것이 기억난다. 그때 그는 이런 질문을 던졌다. '어떤 사람이 총을 들고 들이닥쳐 우리 모두를 죽이겠다고 협박한다면 어떻게 할 것인가?'

우리들은 대부분 그 즉시 의자 밑으로 몸을 숨겼을 것이라고 대답했다. 그러자 그는 다시 한 번 물어보았다. '다른 사람들을 보호하기 위해 실제로 그 총을 몸으로 막아서려는 사람은 몇 명이나 될까요?' 그가 우리에게 제시한 그 난감한 질문은 3주 후에 컬럼바인 고등학교에서 총기를 난사하는 두 명의 학생들로부터 제자들을 보호하기 위해 자신의 몸을 날리다 목숨을 잃은 한 수학 선생님의 이야기를 전해 들었을 때까지는 애매모호한 가설처럼 여겨졌다.

내가 알고 있기로 데이브 샌더스는 불교신자가 아니었다. 하지만 그보다 더 뚜렷하게 부처의 자비심을 지닌 헌신적인 용기를 상징하는 행위는 없을 것이다. 진정 그는 불교에서 중생을 구하기 위해 자신의 생명을 아낌없이 바치는 사람을 일컫는 위대한 보살로 불릴 만한다. 그를 통해 우리는 이타적인 사람이 되기 위해선 얼마나 간절한 소망을 품고 기도해야 하는지를 겨우 상상만 할 수 있을 뿐이다. 잊지 말아야 할 것은 자기의 안위를 생각하기 전에 즉각적이고 단호하게 행동해야 하는 것이다. 부처는 우리 모두의 내면에는 보살이 될 수 있는 잠재력이 있다고 한다.

자비는 아주 작은 일에서부터 시작되는 것이다. 불교 전통에는 자애심을 훈련하는 방법들이 아주 많다. 티베트 불교에서는 들숨으로 타인의 고통을 들이마시고 날숨으로 사랑과 자비심을 내보내는 '통렌 호흡법'을 수련한다. 그리고 소승 불교에서는 번뇌에서 벗어나 행복하게 살도록 기원하는 '메따'라는 수행법으로 자비를 퍼뜨린다.

명상 수행법은 그 효과가 매우 강해서 자신의 행복에만 집착하는 자아에까지 영향을 미칠 수 있지만, 마음을 다스리기 위해서는 반복적인 수행이 필요하다. 이 책의 말미에 핵심이 되는 두 가지 수행법을 소개해두었으니 모두들 한번쯤은 시도해보기를 권한다. 수행은 일종의 적극적인 기도라 할 수 있으므로 거듭 수련할수록 더 큰 효과를 느낄 수 있다. 지혜와 공감, 보시와 평정심 등을 더욱 풍부하게 계발할 수 있으며 궁극적으로는 자신을 내려놓고 세상을 얻을 수 있게 된다.

이 책에는 우리의 내면에 잠재되어 있는 불성佛性과 기적 같은 일들을 일으키는 수행의 힘에 대한 이야기들이 담겨 있다. 꾸며낸 이야기는 하나도 없다.

병원에 근무하는 동안 목숨이 위태로운 환자들을 돌보면서 나는 다른 사람들의 고통을 덜어주는 사람이 되기 위해선 마음을 다스리는 수행이 꼭 필요하다는 것을 깨달았다. 나비의 날갯짓이 지구 반대편에 엄청난 영향을 끼칠 수 있는 것처럼, 자비는 아주 작은 행동으로 매우 커다란 결과를 낳을 수 있는 행위이다.

이 책의 이야기들은 모두 자비의 본모습을 공유하기 위해 수집한 것이다. 전 세계의 다양한 불교의 전통들은 물론, 종교와는 무관한 수행자들의 이야기를 통해 자비의 다양한 모습을 확인해볼 수 있다. 여러분은 직장과 거리에서 그리고 감옥과 전쟁터에서 자연스럽게 구현된 자비를 만나게 될 것이다.

이야기들은 우리 각자가 독립된 자아로 존재한다는 생각이 환상임을 알게 해준다. 머리와 가슴으로 그것을 깨우치게 된다면, 우리가 꿈꾸는 모든 것이 가능해진다. 부처의 시대에 그랬듯이 오늘날의 우리에게도 가능한 것이다.

불교의 가르침은 광대무변하다. 이 책은 그러한 불교의 전통적인 가르침에 관심을 갖도록 이끌어줄 것이다. 여기에 수록된 수행자들의 이야기에 공감한다면, 부처의 생각과 말씀 그리고 행적을 전해줄 스승을 직접 찾아볼 것을 권한다. 깨달음에 도달한 스승을 만난다는 것은 석가모니가 전하는 지혜와 자비를 널리 퍼뜨릴 기회를 얻는 것과 같다. 그것은 한순간의 머뭇거림도 없이 타인을 위해 헌신하는 사람들의 전통이기도 하다. 이 책에는 티베트는 물론 전 세계적으로 존경을 받는 스승인 달라이 라마를 만나 삶의 방향을 완전히 바꾸게 된 사람들의 이야기도 실려 있다.

순수한 자비심만큼 전염성이 강한 것은 없다. 하지만 그 힘은 너무 신비스러워 자비의 싹이 틔워지는 순간에도 그 씨가 언제 뿌려진 것인지 알아차릴 수조차 없다.

1983년, 나는 석 달간의 명상 수행을 마치면서 보살로서의 삶을 살겠다고 다짐하는 서원식을 치르기로 결심했다. 최감 트룽파 린포체가 주관한 서원식은 먼저 수련생들과 함께 모여 명상을 한 후, 다시 한 번 진심을 확인하고 새롭게 지어준 법명을 아름다운 서체로 작성해주는 순서로 진행됐다. 나는 '자비로운 달마의 호수'라는 법명을 받았는데 사실 굉장히 실망스러웠다. 호수라는 것이 그리 탐탁치도 않았지만, 호랑이를 연상시키는 친구의 것만큼 화려하지도 강렬하지도 않았기 때문이었다. 하지만 보살에게 주어지는 법명은 타인을 위해 평생 갈고 닦아야 하는 덕목을 상징하는 것이기도 하다. 어쩌면 린포체는 내가 그 후 27년 동안 자비를 실천하기 위해 분투하게 될 것이라는 사실을 미리 알고 있었을지도 모르겠다.

나는 이 책이 모든 사람들에게 자비의 호수가 되기를 간절히 바란다. 또한 부처의 가르침을 깨닫고 자신의 본성을 되돌아보는 기회가 되었으면 한다. 그리하여 이 세상이 분쟁과 폭력 그리고 절망이 넘쳐나는 곳이 아니라 그것을 훨씬 뛰어넘는 소중한 의미를 지닌 곳임을 조금이라도 깨닫기를 바란다. 그렇게 된다면 이 책은 제 역할을 충분히 다한 것이 되리라. 번뇌에서 벗어나 내면에 잠재되어 있는 치유의 원천을 찾아 길을 떠나는 사람들에게 이 책이 다리이자 돛단배 그리고 길이 되기를 기원한다.

• 다음 페이지의 글씨는 소걀 린포체가 특별히 써준 것으로, '보리심' 혹은 '깨달음을 얻은 마음'이라는 의미의 산스크리트 어이다. 승려들이 쓴 글씨는 그 단어 자체의 기운을 전하는 것으로 알려져 있다.

*
**

말과 생각이 훌륭할지라도
행위가 따르지 않는다면
열매를 맺지 못하는 꽃과 같이
어떠한 영향력도 미치지 못할 것이다.

— 부처

차례 ▌

기적을 일으킨 사람들

The Stories

자비, 사랑을 넘어선 마음

— 파멜라 블룸

프랑스 남부에서 명상 수행을 하고 있을 때 승려 한 분이 찾아왔다. 마흔 살 쯤 되어 보이는 그의 얼굴에는 웃음기가 없었으며, 티베트 인 치고는 키가 크고 체격도 좋아 마치 거대한 산을 마주하고 있는 것만 같았다. 조금 특이했던 점이 있다면 오른쪽 눈에서 줄곧 눈물 이 흐르고 있었다는 점이었다. 그는 이야기를 하는 내내 계속 눈물 을 닦아내야 했지만 목소리만은 조금도 흔들리지 않았다. 3백 명이 넘는 파란 눈의 수련생들은 조용히 앉아 그의 이야기에 귀를 기울 였다.

중국이 티베트를 탄압할 당시 청년이었던 이 승려는 스승과 함께 15년 동안 옥살이를 했다. 자세히 말하지는 않았지만, 수감 생활은 무척 가혹했었던 것 같다. 감방은 어둡고 더러웠으며 상습적인 폭행은 물론 지독한 고문도 가해졌다. 가장 끔찍했던 고문은 눈을 감지 못하게 하는 것이었다. 중국인 간수들은 명상을 하지 못하도록 막기 위해 눈을 감기만 하면 가차 없이 폭행을 했다. 하지만 티베트 명상은 기본적으로 눈을 감지 않고 수행하는 것이어서 그는 들키지 않고 기도와 명상 수행을 계속할 수 있었다. 날이 갈수록 고문과 폭행은 더 심해졌고, 결국 오른쪽 눈에 이상까지 생겼다. 사실 고문도 견디기 힘든 일이었지만, 무엇보다 자신의 곁에서 싸늘하게 식어가던 스승의 죽음을 지켜보는 일이 가장 힘들었다고 했다. 그 지옥 같은 곳에서 벗어나는 것은 불가능한 일처럼 보였다.

그러던 어느 날 간수들이 그를 불러냈다.

"대체 당신 뭐야? 우리가 이토록 때리고 고문을 해도 꿈쩍도 하지 않잖아."

사실 간수들은 그를 고문할 때마다 무술로 단련된 자신들의 힘으로도 이겨낼 수 없는 어떤 힘을 느꼈던 것이다.

"우리가 모르는 뭔가 있는 거지? 그게 뭔지 어서 말해. 우리가 죄수들보다 강해야 하거든."

그는 어쩔 수 없이 스승과 함께 수행하던 통렌이라는 티베트 명상법을 알려주었다. 통렌은 들숨을 통해 타인의 고통을 들이마시고 가볍게 숨을 뱉어내는 명상법으로, 당시에 우리가 수련원에서 열심히 배우고 있던 것이었다. 고통이나 억울한 감정을 느끼지 않으면서 타인의 고통을 짊어지는 것은 자아에 커다란 상처가 될 수 있다. 통렌은 자아에 상처를 입히지 않으면서 자비의 마음을 품을 수 있도록 도와주는 명상법이다.

그는 스스로 자비를 실천하는 데에 그치지 않고, 자신에게 고통을 주는 이들에게까지 자비를 베푸는 법을 전수해주었다. 평범한 경지를 뛰어넘는 수준의 자비였지만, 그것이야말로 바로 불교에서 말하는 자비심의 본령이었다. 얼마 지나지 않아 그에게 놀라운 일이 일어났다. 중국인 간수들이 갑자기 티베트 죄수들을 모두 석방하기로 결정했던 것이다. 그는 영문도 모르는 채 수감 생활을 끝내고 자유의 몸이 되었다.

그렇게 해서 따뜻하고 화창했던 그날, 그는 프랑스 남부에 있는 우리에게 올 수 있었던 것이다. 그의 눈은 고문으로 인해 제 역할을 못하고 있었으며 몸도 많이 약해졌지만, 사물을 바라보는 눈길은 어느 때보다도 밝았으며 태도는 강인한 전사와도 같았다. 그의 목소리에는 적개심이나 분노가 전혀 남아있지 않았다. 오직 들숨과

날숨 안에서 박해하는 자와 박해받는 자 사이의 경계가 무너지는 것을 지켜보는 가슴 벅찬 기쁨만이 스며나오고 있었다. 다만 자신의 스승이 그러한 상황을 직접 보지 못하고 돌아가셨다는 것에 대한 안타까움만이 남아 있을 뿐이었다.

**

자비심은 특별한 노력을 하지 않아도
자연스럽게 일어나는 것이다.
그리고 베풀수록 더욱 커지는 마음이다.

– 뇨슐 켄포 린포체

부처가 행한 최초의 공덕

− 파트룰 린포체, 《완벽한 스승님의 가르침》 중에서

부처는 평생 수레를 끌어야 하는 지옥에서 태어난 적이 있었다. 그때 부처는 카마루파라는 남자와 짝을 이루어 일을 했는데, 두 사람이 힘을 합쳐도 수레를 움직이기에는 역부족이었다. 보초병들은 뒤처지는 두 사람을 윽박지르며 채찍으로 마구 내리쳤다. 그럴 때마다 말로는 표현할 수 없는 고통을 견뎌내야 했다.

　"아무리 애를 써도 수레는 꼼짝도 안 하는구나. 둘이 함께 끈다고 고통이 반으로 주는 것도 아니니 차라리 수레를 나 혼자 끌어 카마루파의 고통이라도 덜어줘야겠다."

그렇게 생각한 부처는 보초병에게 찾아가 자신의 뜻을 전했다.

"카마루파의 어깨에 묶인 끈을 풀어주시오. 수레는 내가 혼자 끌겠소."

이 말을 들은 보초병들은 불같이 화를 내며 말했다.

"자신의 죄를 누가 대신 짊어질 수 있단 말이냐!"

부처는 가차 없이 채찍질을 당했지만, 그 선한 마음으로 인해 곧 지옥에서 벗어나 왕실에서 환생하게 되었다. 다른 이들을 위한 부처의 공덕은 이렇게 시작되었다.

보리심의 근원

– 소갈 린포체, 어느 강연 중에서

존 조르노, 앨런 긴즈버그, 윌리엄 버로스와 같은 초창기의 달마 수련생들이 20세기 티베트 명상의 대가인 뒤좀 린포체를 미국으로 초대한 적이 있었다. 그때 나는 그의 첫 번째 대서양 방문에 통역을 맡아 동행하게 되었다. 비행기가 이륙하자 린포체는 창문 밖을 내다보며 부드럽게 이렇게 말했다.

"저 아래에 있는 모든 것들이 자유로워지기를…"

그의 말투는 아주 나직했고 은밀했다. 또한 내가 상상할 수 있는 가장 겸허한 말투였다. 하지만 그의 기도 속에는 뭔가 특별한 힘이 담겨 있는 것 같았다. 린포체는 사람들이 정말로 자유로워지는 것을 기대하며 기도한 것이 아니었다. 오히려 자신을 통해 자유를 꿈꿀 수 있도록 돕고 싶었던 것이다. 그것이 바로 보리심인 것이다.

*
**

따뜻함과 밝은 빛을 고루 퍼뜨리는 태양처럼
우리도 자비를 고루 베풀 수 있을까?

– 차그두드 툴쿠 린포체

내 생애 최고의 스승님

– 세규 초에펠 린포체

브라질에서 보냈던 청소년기는 내 인생에서 가장 힘든 시간들이었다. 남들이 보기엔 부족한 것 없이 사는 것처럼 보였지만, 알 수 없는 좌절감에 빠져 있던 나는 고통과 분노를 표출하며 주변 사람들을 괴롭혔다. 보다 못한 친구들은 유명한 심리치료사에게 나를 데려갔다. 그분은 나를 보자마자 내가 품고 있던 회의심을 알아차렸고, 아주 냉정하게 나를 대했다. 그분은 내 얼굴 앞에서 동전을 던져 올리더니 이렇게 말했다.

"이 동전을 잘 봐라. 동전에는 양면이 있지. 한쪽 면은 지금 네가 살아가는 이 세상이야. 이건 네가 어떻게 할 수 있는 것이 아니지. 그리고 남은 한쪽 면은 바로 네 마음속 세상이야. 그걸 다룰 수 있는 건 너 자신밖에 없어."

그러고는 나를 쫓아냈다. 그 말에 충격을 받은 나는 그 후 몇 달 동안이나 화를 풀 수가 없었다.

일 년이 지나도 좌절감과 우울증은 사라지질 않았다. 가슴에는 형언할 수 없는 분노가 일었으며, 심지어는 자살 충동까지 느끼며 서서히 한계점에 다다르고 있었다.

어느 날 출근길에 엄청난 절망이 찾아들었다. 그 순간 불현듯 내게 동전을 던졌던 그분의 얼굴이 떠올랐다. 그분을 만나야겠다는 생각에 휩싸인 나는 엄청나게 큰 도시인 리우데자네이루를 미친 듯이 헤집고 다녔다. 친구들에게 이끌려 갔던 것이라서 그 집의 정확한 위치를 알 수 없었다. 하지만 만나야겠다는 마음이 매우 강했기 때문에 포기할 수는 없었다.

몇 시간 동안 온 거리를 뒤지고 다녔지만 도저히 찾을 수 없었다. 자포자기 상태에 빠진 나는 핸들에 엎드려 펑펑 울고 있었다. 그런데 갑자기 누군가 어깨를 토닥거리는 것이었다. 고개를 들어보니 어떤 여성이 상담을 한 번 받아보라며 주소가 적힌 쪽지를 내밀었다. 죽고 싶을 만큼 힘들었던 나는 생각할 것도 없이 쪽지에 적힌 주소지를 찾아갔다. 마지막 길 모퉁이를 돌며 주소를 확인하던 나는 소스라치게 놀랐다. 평범한 어느 집 문 앞에 그토록 찾고 있던 그분이 서 있는 것이었다.

일흔여덟 살의 노인이 된 그분은 금세라도 쓰러질 듯 쇠약해지셨지만 강인한 인상만은 여전했다. 스승님은 따뜻한 미소를 지으며 내게 다가왔다.

"여기까지 오는 데 많이 힘들었겠구나. 하지만 이제라도 만나게 돼 기쁘단다."

그러고는 우는 나를 꼭 끌어안고 한참을 달래주었다. 말씀을 많이 하지는 않았지만, 내가 가진 모든 상처를 치유하기에 충분했다.

"괜찮다, 얘야, 이제부터 너의 삶을 만들어가면 되는 거야."

스승님이 돌아가시기 전까지 나는 마음을 치유하는 법과 정신을 수행하는 데에 필요한 모든 것을 전수받았다. 그리고 최종적으로 티베트 불교에 나의 중심을 두기로 결심했다. 나는 현재 법사이자 여러 수행원의 책임자로서 막중한 책임감으로 불교를 전파하는 데에 힘쓰고 있다. 만약 스승님을 만나지 못했더라면, 나는 내 자신을 돌아볼 기회를 갖지 못했을 것이며, 결과적으로 이렇게 성장할 수 없었을 것이다. 선생님은 한없는 자비심으로 아주 능숙하고 자연스럽게 내 마음의 벽을 허무셨다. 나는 힘든 일이 생길 때마다 그때의 일을 기억하고 마음속에 되새기는 것으로 용기를 되찾고 있다.

***

나는 심리치료사가 아닙니다.
그러므로 사람들의 심리를 치료하는 방법은 모릅니다.
하지만 이 한 가지만은 알고 있습니다.
'분노는 매우 다루기 어렵다' 는 것입니다.

– 캬브제 겔렉 린포체

마음이 통하는 길

— 틱낫한, 《평화로움》 중에서

15년 전 나는 베트남 전쟁으로 고아가 된 아이들을 돕는 시민 단체에서 자원봉사를 하고 있었다. 그 단체는 베트남에서 보내오는 아이들의 신청서를 프랑스어와 영어, 네덜란드어, 독일어로 번역하고 각국에서 후견인을 찾아 아이들과 연결해주는 일을 하고 있었다. 후견인들은 우리를 통해 아이들에게 음식이나 책을 후원하거나 아이들이 친척이나 조부모에게로 편입되도록 도와주었다. 그리고 형편에 따라 입양한 가정에 양육비를 보조해주기도 했다.

　나는 매일 서른 통 정도의 신청서를 프랑스어로 번역했다. 신청

서에는 아이의 사진과 함께 이름, 나이, 건강 상태가 적혀 있었다. 내가 신청서를 거르는 방법은 오직 종이 귀퉁이에 조그맣게 붙어 있는 사진을 보는 것이었다. 한참 동안 아이의 사진을 들여다보고 있다 보면 느낌이 오는 아이가 있다. 그렇게 어떤 아이가 눈에 들어오면, 펜을 들고 번역을 시작했다. 특별한 이유도 방법도 없이 항상 그렇게 했다.

나중에서야 나는 번역을 나 혼자 하고 있는 것이 아니라는 걸 깨닫게 되었다. 정확히 말하자면 아이와 함께 일하고 있었던 것이다. 아이의 얼굴을 한참 보고 있으면 그 아이의 마음이 나에게 전달되었다. 그렇게 그 아이는 내가 되고, 나는 그 아이가 된 후에야 번역을 시작했던 것이다. 아주 자연스러운 과정이었다. 아이와 통하기 위해 긴 명상 같은 건 필요하지 않았다. 그저 바라보고, 스스로를 그 상태에 놓아두고, 아이 안에 나를 놓으면, 아이는 자연스럽게 내 안으로 들어오게 되는 것이었다. 이것은 부처가 권장했던 인식 방법의 한가지로, 어떤 것을 이해하려면 직접 그 대상이 되어봐야 한다는 것이다.

집착에서 벗어나라

― 버나드 글라스먼, 《간증》 중에서

다양한 불교의 표상과 상징 중에서 내가 가장 좋아하는 것은 자비의 상징인 관음이다. 관음은 성별이 정해져 있지 않으며, 표현되는 모습 또한 다양하다. 그중에도 팔이 아주 많이 달린 관음상이 있다. 이것에 대해서는 전해 내려오는 이야기 한 가지가 있다.

관음이 모든 중생들의 평화를 기원하고 있을 때, 갑자기 엄청난 힘이 관음을 짓눌러 수백만 조각으로 부숴버렸다. 그러고는 관음을 파열시켰던 그 힘이 이번에는 산산조각 난 관음의 조각들을 다시 그러모아 하나하나 팔의 형상으로 되살려 놓았다는 것이다. 각각의

팔들은 다양한 물건을 하나씩 쥐고 있었는데, 시계, 안경, 펜, 괭이, 선물상자 등 다양했다.

우리들 한 사람 한 사람은 관음이 목표를 달성하는 데에 필요한 수백만 개의 팔이라 할 수 있다. 우리도 관음처럼 어떤 힘에 압도당하고 있지만, 수백만 조각이 하나로 움직인다는 것만 알고 있다면 아무 문제도 없다. 우리가 그 힘을 벗어나지 못하는 이유는 결과에 얽매여 있기 때문이다. 결과를 얻고자 하는 마음, 목표를 달성하고자 하는 마음도 마찬가지이다. 집착을 없앤다면, 우리는 어떠한 것에도 구애받지 않을 수 있다. 도전은 끝없이 이어지겠지만, 한 발짝씩 천천히 내딛으면 되는 것이다.

아낌없이 주는 마음

예세 초걀은 약 1,200년 전에 불교를 티베트에 전한 라마 파드마삼바바의 수제자이자 배우자이다. 신화 속 여신인 사라스바티가 환생했다고 여겨지는 그녀는 모든 주변국에서 청혼자들이 몰려들 만큼 미모가 빼어났었다. 하지만 파드마삼바바에게 탄트라 교리를 배우면서 큰 깨달음을 얻어 남은 생을 자신을 위한 즐거움이 아닌 중생을 돕는 데에 바치기로 했다. 그것은 엄청난 고행이 따르는 선택이었다. 다음은 타르탕 툴쿠가 역독한 예세 초걀 전기에서 발췌한 이야기이다.

초걀은 다른 이들의 고통을 짊어지려 했다. 추운 자에게는 옷을 나눠주었고, 가난한 자들에게는 돈을 주었으며, 아픈 사람에게는 약을 주었고, 약한 자들은 보호해주었다. 그리고 배고픈 자들의 배를 채워주고, 욕정에 주린 자들의 욕망을 해소해주고, 굶주린 짐승들에게 자신의 육신을 내주었다. 초걀은 자신이 어떤 식으로 이용되던지 개의치 않고 모든 것을 주었다. 심지어 필요로 한다면 자신의 신체기관까지 내주었다.

한번은 세 명의 남자가 어떤 절름발이 사내를 데리고 초걀을 찾아왔다.

"우리는 티베트 온푸에서 왔습니다. 이 사람은 무릎뼈를 빼내는 형벌을 받아 제대로 걸을 수가 없습니다. 어느 티베트 현자께서 말씀하시기를 여성의 무릎뼈가 있으면 이 사람을 치료할 수 있을 거라고 하더군요. 부인께서는 무엇이든 내준다는 말을 듣고 이렇게 찾아왔습니다. 우리를 도와주실 수 있나요?"

이야기를 다 듣고 초걀은 절름발이 사내를 바라보았다. 그의 무릎 위로 길게 난 상처를 찬찬히 본 후 이렇게 말했다.

"이 사람을 구할 수 있는 것이라면 무엇이든 드리겠습니다. 저는 다른 사람을 위해 살아가면서 몸과 마음을 다 내어주겠다고 제 스승님과 약속했답니다."

그러자 남자들은 칼을 빼들었다.

"피부를 많이 절개해야 해서 굉장히 고통스러울 겁니다. 참을 수 있겠습니까?"

"꼭 해야만 할 일이라면, 그렇게 해야겠지요."

초걀은 대답했다.

남자들은 초걀의 무릎 위를 칼로 길게 베고 나서, 퍽 하는 커다란 소리와 함께 무릎뼈를 빼냈다. 붉은 물체를 꺼내 들었을 때, 초걀은 기절해 있었다. 얼마 후 정신을 차린 초걀은 남자들에게 어서 가서 절름발이를 고치라고 했다. 그들은 아주 기뻐하며 자리를 떠났다. 그리고 몇 시간이 지나자 초걀의 몸도 깨끗이 회복되었다.

*
**

나약한 존재일수록 더 많이 사랑하는 것이
우리들의 본성입니다.

− 달라이 라마

어느 주지스님의 용서

– 케이트 오닐, 《위기의 불교여신도들》 중에서

1990년 초, 매사추세츠 주 보스턴에 있을 무렵, 가끔 베트남 승가회와 모임을 갖곤 했었다. 그들의 사찰은 주택 단지 근처에 있었는데, 예전에 주민들이 농구장으로 사용하던 곳을 사찰 주차장으로 사용하고 있었다.

한번은 누군가 사찰에 침입해 기물을 부수고 컴퓨터를 훔쳐가는 사건이 벌어졌다. 그때 주지스님은 텔레비전 인터뷰에서 짧게 몇 마디를 남겼다.

"그들이 왜 사찰에 침입해 물건을 훔쳐갔는지 이야기를 들어보고 싶습니다. 물론 컴퓨터도 돌려받으면 좋겠지요. 하지만 무엇보다 대화를 해보고 싶습니다. 우리가 먼저 그들에게 어떤 피해를 줬는지도 모를 일이니까요. 어쩌면 농구장을 되찾고 싶었을지도 모르죠."

주지스님의 자비로운 태도는 지역사회에 큰 파장을 일으켰다. 스님은 죄를 벌하고, 폭력을 응징하는 식의 문제 해결이 아닌 근본적인 해결책을 바랐다. 머지 않아 사찰에 침입했던 청년들은 자진해서 스님을 찾아가 용서를 구했다. 그 누구도 예상하지 못했던 결과였다.

주지스님의 용서하는 마음은 지역주민들에게까지 번져 나갔다. 청년들에게 손가락질하는 사람은 아무도 없었으며, 오히려 주차장이 되어버린 농구장 대신 다른 농구장을 이용할 수 있도록 도와주었다.

운명이 보낸 사람

- 파멜라 블룸

뉴욕시립병원으로 원목院牧 인턴을 나갔던 첫날, 나는 완전히 겁에 질려 있었다. 이제 겨우 간단한 예행연습을 마쳤을 뿐인데, 이 인턴 기간이 앞으로의 진로를 결정지을 것이라는 말을 들었기 때문이었다. 첫 번째 진료를 나가기 전, 환자들에게 도움이 되는 의사이자 목사가 될 수 있기를 바라며 열렬히 기도했지만, 자신은 없었다. 초超교파 목사로 임명을 받긴 했지만, 사실 나는 독실한 개혁파 유대교 집안에서 자랐으며 성인이 되어서는 불교에 귀의해 수행했다. 나는 기독교 환자들과 기도하는 법을 몰랐다. 솔직히 말해 병원에

48

서 다수를 차지하고 있던 정교회 사람들을 포함한 유대교 환자들에게 내가 위안을 줄 수 있을지조차 의심스러웠다. 나는 명상 수행을 통해, 고통 받고 있는 사람들에게는 그들의 말을 들어주는 것이 가장 필요하다는 것만을 겨우 깨달았을 뿐이다. 나는 좀 더 확실한 지표를 바랐다.

차트를 몇 시간 동안이나 읽은 후에야 첫 번째 환자를 보러 나갔다. 처음에 만난 두 환자는 상태가 심하지는 않았다. 다만 그들은 목사와 대화를 하고 싶어 했다. 하지만 세 번째 환자의 경우는 달랐다. 조심스레 문을 열자 라틴 계열의 아주 잘생긴 남자의 얼굴이 보였다. 그리고 곧이어 목부터 발끝까지 전신에 붕대를 감고 있는 모습이 눈에 들어왔다. 오토바이 사고였다. 나는 마른침을 삼켰다. 혹시나 그를 불편하게 할까 봐 두려웠다. 남자에게 다가가 현재 인턴으로서 실습을 하는 중이며 동시에 초교파 목사로 일하고 있다고 소개를 하는데, 그는 듣는 내내 내 눈을 강하게 응시했다. 소개가 끝나자 그가 입을 열었다.

"흠, 당신이라면 알 수도 있겠네요. 천국과 이 세상 사이에는 뭐가 있습니까?"

두서없는 질문에 나는 당황했다. 초보 원목이었던 내 눈에도 그가 가톨릭교인이라는 건 알아차릴 수 있었지만, 내 대답은 절대 가톨릭교의 관점으로 설명할 수 있는 것이 아니었다.

"아, 그러니까… 천국과 이 세상 사이에 뭐가 하나 있긴 한데, 티베트 불교에서는 그곳을 바르도라고 하지요."

"맞아요! 그거예요! 바르르르-도." 남자는 흥분해서 알R에 스페인 악센트를 넣어 힘차게 발음했다.

"그러면 리리리-린포체는 알아요?"

나는 잠시 멈칫했다. 티베트 불교에서 린포체란 이름의 승려는 정말 많기 때문이었다.

그가 다시 강한 어조로 말했다.

"있잖아요, 그 책 쓴 그 사람!"

머릿속이 빠르게 회전했다. 티베트 불교에 관한 책이 어디 한두 개인가. 아, 잠깐… 이 남자가 말하는 사람이 혹시 내 스승 중의 한 분이신 소걀 린포체?

"혹시 《삶과 죽음을 바라보는 티베트의 지혜》를 쓰신 분을 말하는 건가요?"

"맞아요! 그분이에요!"

남자는 매우 기뻐하며 말했다.

믿기지 않았다. 어떻게 이 뉴욕시립병원에서, 그것도 내 인턴 생활 첫날에 바르도에 대해 이야기하고 있는 거지? 반가운 마음에 좀 더 자세히 이야기를 나눠보고 싶었다.

"궁금해서 그러는 건데, 왜 갑자기 바르도 얘기를 꺼내신 거죠?"

나는 조심스레 물었다.

"그러니까 바르도에 관심을 보이는 이유가 따로 있나 해서요."

그러자 남자는 마치 이런 주제의 이야기를 할 만한 사람을 만나길 기다렸다는 듯 내 눈을 똑바로 응시했다.

"왜냐하면…."

그는 천천히 입을 열었다.

"3일 전에… 제가 거기에 있었거든요."

정말 이상한 말이었다. 보통 바르도는 사후세계의 경험이기 때문이다. 조금 전보다 더욱 강렬해진 그의 눈빛에는 광채가 흘렀다. 그것은 일 년 동안 명상 수행을 해온 사람의 눈빛과 같았다. 나는 이제껏 라마를 제외하고는 일반 사람들에게서 그런 눈빛을 본 적이 없었다.

대체 이 남자에게 무슨 일이 있었던 걸까?

우리는 한동안 이 세상 어디도 아닌 우리들만의 바르도에서 서로를 바라보고 있었다. 그에게 묻고 싶은 것이 많았다. 아마도 남자는 놀라운 임사체험을 했던 것 같다. 그와 함께라면 며칠이고 대화를 나눌 수 있을 것만 같았다. 하지만 아름답고 젊은 인도인 아내가 저녁식사를 가지고 들어오면서 우리들의 이야기는 끊어졌다. 대화는 평범한 사회 이슈로 옮아갔고, 잠시 후 간호사가 혈액 채취를 위해 들어오면서 나는 다른 환자들을 보러 나가야 했다. 나는 최대한 빨리 다시 방문하겠다고 그에게 약속했다.

일주일 내내 그를 다시 만날 날을 손꼽아 기다렸다. 하지만 남자의 방을 찾아갔을 때 그는 그곳에 없었다. 처음에는 그의 부상이 심각했기 때문에 죽었을 것이라고 생각했지만 다행히도 남자는 퇴원을 한 것이었다. 나는 왠지 모르게 속았다는 기분이 들었다. 그러다 진료실로 돌아왔는데, 남자 역시 일주일 내내 나에게 연락하고자 여러 번의 메시지를 남겼으나 전달되지 않았다는 것을 알게 되었다. 병원 수칙에 어긋나는 일이라는 걸 알면서도 나는 그의 집 주소를 알아내 건강히 회복하길 바란다는 메시지와 함께 꼭 연락을 달라는 편지를 보냈다. 그러나 남자의 연락은 오지 않았다.

남자는 나에게 축복과도 같은 사람이었다. 그를 치료하기 위해 내가 한 것은 아무것도 없었지만, 그 남자는 환자들과 이야기하는 것에 겁을 먹고 혹시나 나의 '언어'를 이해하는 사람이 아무도 없을까 봐 잔뜩 움츠려 있던 초보 원목인 나에게 큰 위로가 되었다. 어느 날 갑자기 온몸에 붕대를 감고 나타난 전령사. 그리고 티베트 불교를 알게 해준 나의 스승과 생멸에 관한 가르침을 전하고 있는 그

의 책에 관한 기억을 떠오르게 한 사람. 그가 그렇게 갑자기 사라진
것은 어쩌면 당연한 일인지도 모르겠다.

**

부처와 보살, 깨달음을 얻은 스승 들은
우리들을 돕기 위해 모든 순간에 존재한다.
그들이 있기에 우리는
모든 축복을 한껏 받을 수 있는 것이다.

– 소걀 린포체

위대한 사랑

– 켄포 체왕 가초

동티베트에 위치한 나의 고향에는 신성한 동굴이 많아 성지 순례자들의 방문이 잦았다. 내가 서너 살이던 무렵, 라마승인 잠양 키엔체 최키 로드뢰가 마을을 방문했다는 소식을 듣고 우리 가족은 모두 그를 만나러 갔었다. 그때 잠양은 내게 이름을 지어주며 어머니에게 훗날 내가 세상 사람들에게 은혜를 베풀고 살 운명이니 바르게 성장할 수 있도록 잘 돌보라고 당부했다고 한다. 그것 때문에 우리 가족은 내가 당연히 수도원에 들어가야 한다고 생각하고 있었다. 나 역시 아주 어려서부터 수도승이 되고 싶었다. 어머니는 내가 두

살 때에 예복을 입고 라마들이 추는 즉흥 춤인 라마 댄스를 얼마나 잘 추었는지를 들려주곤 했다. 후에 우리 가족은 인도로 이민을 갔고, 나는 그곳에 있는 다질링 학교에 입학했다. 하루는 수업 시간에 대사大師 한 분이 들어와 수도승이 되고 싶은 사람이 있느냐고 물었다. 나는 한순간의 망설임도 없이 앞으로 달려 나갔다.

내가 불교 공부를 시작할 무렵에 가장 많이 들었던 가르침은 모든 중생을 자식처럼 돌봐야 한다는 것이었다. 솔직히 말해 그것이 어떤 뜻인지 전혀 감을 잡을 수 없었으므로 나에겐 그저 관념적인 말에 불과했다. 그러다 어떤 이야기를 하나 듣게 되었다.

라마승이 되기 전에 켄포 센가는 강도질을 하고 사람을 죽이는 악한이었다. 그러던 어느 날 다른 강도 무리의 분노를 사 쫓기는 신세가 되었다. 켄포는 말을 타고 도망을 가고 있었고, 그 옆에는 켄포가 제일 아끼는 수려한 암말이 함께 달리고 있었다. 그런데 새끼를 배고 있던 암말은 빨리 달릴 수가 없었다. 켄포는 자꾸만 뒤처지는 암말을 보며 이대로 가다간 다른 놈들의 손에 넘어갈 것이 뻔하다고 생각했다. 아끼는 말을 빼앗긴다는 것은 자존심이 허락하지 않았다. 결국 켄포는 극단의 결정을 내리고 칼을 꺼내들어 암말의 등을 향해 내리쳤다. 두 동강이 난 말은 바닥에 널브러졌고 그 충격으로 배 속에 있던 새끼 말이 배 밖으로 튀어나왔다. 그러자 암말은 이미 두 동강이 났음에도 머리를 움직여 새끼가 안전한지 보려고 애를 썼다. 그 모습을 보면서 켄포는 부모가 된다는 것 그리고 어미의 마음이 어떤 것인지를 밝히 깨닫게 되었다. 이제까지 시야를 가리고 있던 안개가 걷히는 것 같았다. 그 자리에서 켄포는 악행을 일삼던 과거의 삶을 청산하고 자신을 이끌어줄 스승을 찾아 길을 떠났다. 그리고 모든 수행을 순식간에 마치고 중생에게 은혜를 베푸는 라마승으로 거듭나게 되었다고 한다.

켄포 셴가의 이야기는, 어머니의 사랑이 어떤 것인지와 그것을 깨닫는 것이 어떤 의미인지를 이해할 수 있도록 해주었다. 그러면서 이전에는 깨닫지 못했던 모든 중생을 부모와 같이 사랑하고 섬기라는 스승의 가르침이 어떤 것인지 알게 되었다. 모든 사람의 행복을 위해 베풀고, 그들 모두를 부모님처럼 받드는 것은 당연한 일인 것이다. 이 이야기는 뚜렷한 가르침이 되어 내가 참된 수행의 길로 들어설 수 있도록 도와주었다.

이 우주에서 언젠가 한 번
우리의 아버지 혹은 어머니가 아니었던 중생은 한 명도 없다.
- 딜고 키엔체 린포체

56

방생의 축제

– 익명의 목격자

불교에서는 죽음에 처한 중생을 구제하는 수행을 통해 현생과 내세에 공덕을 쌓을 수 있다고 가르친다. 오늘날까지도 전해지는 이 교리는 특히 티베트 불교에서 강조되고 있는 것이다. 지금은 고인이 된 티베트 불교의 라마승 쿠숨 링파는 매년 가게에서 파는 새우를 사서 바다에 놓아주는데 가끔씩은 롱아일랜드 수로까지 가서 풀어주곤 했다. 다음의 이야기는 브르타뉴에 방문한 캬브제 트룰식 린포체가 상점에 있던 바다생물들을 사서 방생하는 것을 목격한 사람이 들려준 이야기이다.

1999년 12월 1일. 브르타뉴 북쪽의 작은 마을 펜베난에 살고 있던 페마 왕걀 린포체는 어느 상점의 어류 탱크에 있는 가재와 게, 거미게, 새우, 새조개 들을 전부 사들였다. 그는 모든 것이 제자리에 있을 때 자연이 조화를 이룬다고 생각했다. 한차례 사들인 어류의 양은 이미 엄청났지만, 여전히 부족하다고 생각한 린포체는 해안가의 모든 상점을 돌아다니며 고등어, 홍합, 조개 그리고 더 많은 게와 가재 들을 사들였다. 그렇게 모인 양이 큰 수족관으로 열두 개가 되었다. 린포체는 수족관들을 숙소 앞에 늘어놓고는 다른 수도승들과 함께 꼼꼼히 살펴보며 생물들의 이름을 묻고 하나하나 축복해주었다. 그러고 나서 수족관을 모두 차에 싣고 갯바위가 있는 외딴 바닷가로 출발했다. 그곳에는 이미 라마승 세 명과 수도승 두 명이 방생의 축제를 준비해놓고 기다리고 있었다. 린포체는 가재의 집게발을 묶고 있던 끈을 풀고 바다에 놓아주었다. 자신이 있어야 할 곳으로 돌아가는 가재는 왠지 더 기운차 보였다.

이 모든 과정을 직접 눈으로 보고 참여하면서 우리 역시 이 생물들과 다르지 않다는 것을 깨달을 수 있었다. 우리 모두 한없이 연약하고, 자유를 바라며, 보호를 받아야 하는 존재인 것이다.

달라이 라마와의 인터뷰

– 존 F. 케네디 주니어

존 F. 케네디 주니어는 대서양에서 비행기 추락으로 사망하기 2년 전에 달라이 라마와 인터뷰를 했다. 그 인터뷰 기사는 케네디가 창간한 잡지 《조지》의 1997년 12월 호에 수록되었는데, 그 달의 "에디터의 편지"에서 케네디는 인터뷰 당시의 느낌을 짤막하게 남겼다.

마하트마 간디의 128주년 기념일 아침 8시 정각, 황금불상과 탕화로 화사하게 꾸며진 커다란 응접실의 문이 벌컥 열렸다. 고동색 수도복에 감람색 양말 그리고 영국 학생들이 신을 법한 갈색 옥스퍼드화를 신은 달라이 라마가 걸어 들어왔다. 그는 나를 보자마자 전혀 아랑곳하지 않고 붕대가 감겨 있던 내 손을 두 손으로 덥석 쥐고는 힘차게 문지르고 토닥이며 인사를 건넸다. 달라이 라마는 영어로 서툴게 이야기했지만, 금속테 안경 너머로 보이는 눈빛은 놀라울 정도로 맑았으며 생기에 차 있었다.

달라이 라마의 카리스마는 내면에 넘쳐나는 기쁨과 배려심이 만들어낸 것이다. 자신이 다스리는 티베트의 박탈감과 모욕감 아래에서도 그는 전혀 심각하지 않았다. 누군가 달라이 라마를 이렇게 묘사한 적이 있다.

"그가 앞에 앉아 있다 해도 그의 힘에 압도되지는 않습니다. 하지만 시선을 돌려보면, 방 안 가득 그의 기운이 차 있다는 것을 느낄 수 있을 겁니다."

나는 본래 회의론자였기에 그의 신적인 모습과 인간적인 모습 사이의 경계를 찾고 싶었다. 쉬운 일이 아니었다. 달라이 라마는 한 생애(만약 불교의 교의인 윤회를 믿는다면)를 자신과 주변을 받아들이는 수행을 하며 살아왔다. 이것은 이미 알려진 것이다. 달라이 라마를 만나 이야기를 나눈 경험은 미국의 여느 정치가와의 인터뷰와는 전혀 달랐다. 우리는 넘어야 할 득표율에 대한 이야기도, 민망한 스캔들 이야기도, 정치적 과오를 따지는 이야기도 할 필요가 없었다. 삶에 여유가 생긴다면 홀로 명상을 하며 보내고 싶다는 사람 앞에서 그 누가 회의적인 태도를 계속 보일 수 있겠는가?

예정되었던 인터뷰 시간이 끝나고 그와 작별 인사를 나눴다. 달라이 라마는 이제 막 쏟아지기 시작한 늦은 장맛비를 피해 우산 아래로 몸을 피했다. 나는 그의 일행이 언덕 아래로 보이지 않을 때까지 한참을 바라보고 있었다. 그러고는 아직 방에 남아있는 스태프들을 향해 미소를 보냈다. 아주 만족스러운 인터뷰였다. 그런데 이상하게도 뭔가 빠져나간 것 같았다. 그것은 마치 어두운 방에 우리만 남겨 두고 램프를 든 친구가 떠나간 느낌이었다.

***

나보다 다른 사람을 먼저 생각하고
그들의 행복을 돕는 참윤리적인 삶을 사는 것은
우리 사회에 엄청난 반향을 불러일으키는 일입니다.
만약 우리의 내면이 변하면,
즉 우리들 내면의 부정적인 감정의 뿌리를 잘라낸다면,
우리는 세상도 바꿀 수 있습니다.

- 달라이 라마

새로운 발상의 꽃꽂이

– 파멜라 블룸

예전에 한번 일본식 꽃꽂이인 이케바나를 배운 적이 있다. 첫 수업 시간 때 선생님은 꽃들에게 있는 프라나prana라는 생명력에 대해 이야기하면서, 꽃들은 실제로 자신들이 가장 아름답게 보이는 방법을 우리들에게 이야기하고 있으므로 인간의 입장에서 보는 미의 기준을 적용시키려고 하기보다 꽃들의 말에 귀를 기울여야 한다고 가르쳐주었다. 그래서 우리는 꽃꽂이를 하기 전에 먼저 꽃들과 마음으로 대화를 시도한다.

화병에 꽂혀 있다 할지라도 꽃들은 최적의 배열을 찾아 스스로 움직인다. 매일매일 조금씩 달라 보이는 것은 그들의 이러한 노력 때문일 것이다. 그렇다고 꽃들이 완전히 자립적이라는 말은 아니다. 꽃은 인간의 보살핌이 필요로 하며 누가 되든 물을 주고 촉촉하게 유지시켜주는 이에게 의지한다. 나는 간혹 길을 가다가 화단에 물을 주는 사람들을 보면 감정이 북받치기도 한다. 초록색 꽃잎과 꽃봉오리에 맺힌 물방울은 마치 생명의 근원을 적시고 아름다움을 배양하기 위해 아주 세심하게 자리 잡은 자비의 이슬처럼 보인다.

꽃꽂이를 통해 나는 우리의 마음과 생각이 바르게 정립되어 있으면, 식물은 물론 인간을 성장시키는 일, 즉 모든 존재가 그들의 시공간 안에서 자신의 아름다움을 추구하도록 북돋는 것은 어려운 일이 아니라는 것을 깨달았다.

우리가 꽃들의 생명력을 인정하고, 지나칠 때마다 그들이 얼마나 아름다운지 말해주고 그러한 아름다움을 보여줘서 고맙다는 이야기를 전하며 사랑과 헌신으로 보살피면, 꽃들은 우리가 예상했던 것보다 더 오래도록 아름답고 싱싱하게 생명을 유지한다.

마음으로 나누는 대화

– 샤론 아자르 한

내가 바니를 처음 만난 건 한겨울, 크리스마스 때였다. 녀석은 '더들리의 발'이라는 애견용품 가게 앞에 얇은 줄 하나에 묶여 눈 속에서 추위를 참으며 조용히 떨고 있었다. 크리스마스였으므로 영업 중인 가게가 하나도 없었던 것을 감안하면, 쇼핑 중인 주인을 기다리고 있다고는 생각할 수 없었다. 하지만 혹시나 하는 마음에 나는 '개가 추위에 떨고 있는데 주인이 없는 것 같아 데려갑니다. 전화주세요.' 라는 메시지와 전화번호를 남기고 녀석을 데려왔다. 물론 전화는 오지 않았다.

이전에 몇 번 유기견을 구조해본 경험이 있던 나는 조심스럽게 다가가 녀석을 안심시킨 후에 끈을 풀어 집으로 데려왔다. 새로운 존재의 등장에 함께 살고 있던 리트리버와 보더 콜리가 섞인 진저와, 허스키인 폰지가 매섭게 짖어댔다. 이 사이에서 녀석을 재우는 건 도저히 불가능해 보였고, 언 몸도 녹일겸 해서 안방으로 데리고 들어왔다.

바니가 훈련된 전투견이었다는 것을 알기까지는 오래 걸리지 않았다. 그런데 바니는 사람, 특히 성인 남자를 굉장히 경계했다. 얼굴에는 남아있는 흉터와 항상 공격적인 성격으로 보아 이전에 폭행을 당한 것 같았다.

바니가 온 후로 내 삶은 여러모로 바뀌었다. 먼저 바니는 낯선 사람들을 보면 무조건 덤벼들었기 때문에 집에 아무도 찾아오지 않게 되었다. 산책을 하다가도 지나가는 사람을 순식간에 공격하는 바람에 놀란 적이 한두 번이 아니었다. 바니에게 가장 심하게 물렸던 사람은 녀석을 데려온 다음 날 데리고 간 병원에서 만난 담당 수의사였다. 수의사는 바니의 상태를 알아볼 수 있는 의학적인 방법이 아무것도 없으며, 바니가 광견병에 걸린 것 같으니 안락사시켜야 한다고 했다. 하지만 나는 절대 그렇게 하고 싶지 않았기 때문에 동물구조단체에 도움을 청했다. 나는 수의사에게 애원도 하고 설득도 하면서, 뉴욕시가 정한 광견병 예방접종 여부 확인이 불가능한 상태에서 사람을 공격하는 개들에 대한 규정에 따라 바니를 열흘간 동물관리통제센터에 보내 광견병 증상이 나타나는지 지켜볼 수 있었다.

열흘 후, 동물관리통제센터는 집으로 바니가 광견병에 걸리지 않았다는 것을 확인해주는 건강증명서와 함께 바니를 보내왔다. 그런데 바니는 이전보다 육체적으로나 심적으로 더 나빠 보였다.

바니와 폰지는 사이가 굉장히 안 좋았다. 두 녀석은 맹렬하게 짖고 으르렁거리고 일 년 반 동안 서로 죽일 듯이 싸워댔다. 어쩌다 싸우지 않을 때에는 한시도 눈을 떼지 않고 서로를 경계했다.

이렇게 끊임없이 싸우며 사는 것은 결코 좋은 생활 방식이 아니라는 생각에 결국 나는 조련사에게 도움을 요청하기로 했다. 그런데 조련사들마다 하는 말이, 가망이 없으니 바니를 다른 곳으로 입양 보내라는 것이었다. 마치 문제견들을 받아줄 사람들이 많다는 듯이 그렇게 말했다. 나는 절대 수긍하지 않았다.

나는 녀석들이 서로를 이해하고 사랑하기를 바랐다. 하지만 일반적인 조련법은 이미 실패했다. 이제 어떻게 할 수 있을까? 그러다 문득 내가 하던 명상 수행이 떠올랐다.

나는 녀석들의 신경을 안정시키는 방법으로 매일 가슴을 쓰다듬어주고 책을 읽어주거나 이야기를 나눴다. 바니에게는 특별히 더 안전 의식을 길러주어야 했기 때문에 '앉아'와 '엎드려' 같은 명령어를 훈련시켰다. 그렇게 녀석들과 시간을 보내고 난 후에는 나 자신을 위해서도 명상을 했다. 그리고 마지막으로 바니와 폰지, 진저가 모두 볼 수 있는 자리에서 요가를 했다.

이전까지 나는 폰지와 바니의 피비린내 나는 싸움을 피하기 위해 따로 산책시켰으며, 드나드는 문도 따로 내놓았다. 한두 번 너무 급하게 외출하는 바람에 문을 꽉 닫지 않고 나간 적이 있는데, 그때에는 반드시 '전쟁'이 벌어졌다. 한번은 폰지가 바니에게 눈 위를 심하게 물린 적이 있었다. 나는 폰지가 더 심하게 물릴까 봐 싸움을 말리려고 온몸으로 둘 사이를 갈라놓는데, 나와 십오 년이나 함께 살아온 폰지가 내 왼쪽 허벅지를 아주 세게 물어버렸다! 하지만 폰지를 탓할 수는 없는 상황이었다. 그곳엔 광기와 공포, 공격성만 남아있었기 때문에 폰지가 나를 알아보지 못했을 수도 있는 것이다. 하지만 바니는 나를 바로 인식하고 '앉아!'라고 명령하자 공격을 멈추고 물러섰다.

그렇게 녀석들과 함께 명상을 수행해나가던 어느 날이었다. 왠지 그날은 세 마리의 개를 함께 산책시켜도 괜찮을 것 같은 기분이 들었다. 나는 폰지와 진저의 몸에 줄을 매고 바니가 있는 방으로 들어

갔다. 그리고 두 녀석들이 갑작스럽게 폭발하기 전에 어떤 낌새라도 보일까 해서 털 하나하나를 예의주시하고 있었다. 심장이 마구 뛰었다. 나는 계속 '착하지 폰지, 잘하고 있어 바니.' 라고 말하며 녀석들을 안정시켰다. 하지만 아무 일도 일어나지 않았다.

그날 이후로 폰지와 진저, 바니는 함께 어울려 노는 것은 아니었지만 서로의 존재를 잘 견뎌낼 수 있게 되었다. 그들이 한 공간 안에 있을 수 있게 되었다는 것만으로도 굉장한 변화였다. 이제 나는 일을 보러 나갈 수도 있고, 세 마리의 개들 모두 자유롭게 집 안을 돌아다니도록 풀어둘 수도 있게 되었다.

모든 것들을 경계하고 공격하며, 분노와 불신으로 가득 찼던 바니가 마치 활짝 핀 연꽃처럼 마음을 열고 참고 순종하며 침착한 마음으로, 그 무엇도 자신을 해치지 않을 거라는 믿음을 갖게 된 것은 기적과도 같은 변화였다.

소걀 린포체의 행복론

- 파멜라 블룸

남프랑스에서 명상 수행을 하던 당시, 우리를 가르치던 소걀 린포체는 미팅 때문에 파리에 다녀온 적이 있다. 여행에서 돌아온 린포체는 몬트필리어와 파리 사이에 있던 마을의 아름다운 풍경을 마치 그림을 그리듯 생생하게 들려주었다. 린포체는 이야기를 할 때 유머와 열정을 담아 아주 상세하게 말하는 편이다. 그렇기 때문에 그의 여행이야기를 듣는 것은 정말 즐거운 일이다.

그는 아주 겸허하게 말했다.

"마을을 운전하고 지나가면서 창밖으로 지나가는 광경이 너무 아름답고 여유로워 보였습니다. 아주 감동스러웠지요. 저는 이렇게 혼잣말을 했어요. '모든 존재가 그들의 삶 속에서 이러한 아름다움을 즐길 기회가 있기를.'"

소걀 린포체는 자신의 마음을 슬며시 들려줌으로써 경험하지 못한 것들에 대한 경계를 풀고 새로운 경험을 즐겁게 받아들이는 법을 가르치고자 했다. 그러면서 그는 더욱 큰 행복감에 빠져들었다. 그의 마음은 좋은 음식이나 좋은 물건을 보면 나에게 주고 싶어 하던 어머니의 마음과 같은 것이라고 생각한다.

스승의 영향을 받은 탓에 나도 행복하고 즐거운 경험을 하면 그것이 무언의 영감이었다 할지라도 다른 사람들과 나누려고 노력한다. 이것이 쉬운 일은 아니다. 얼마나 더 많이 맛있는 음식을 먹고, 얼마나 더 즐겁고, 얼마나 더 누려야 만족하고 세상에 나의 개인적인 기쁨 외에 다른 것들도 존재한다는 것을 깨우칠 수 있을까. 그러나 느리지만 이것을 늘 상기하고 행복을 '공유' 하고자 노력하니 마음이 열리고 꽉 차오르는 것을 느꼈다. 이 훈련은 천천히 생명을 얻고 기쁨이 되어 갔다. 행복의 경험은 사람들과 나눴을 때 더욱 가치 있게 되었다.

죽음도 두려워하지 않는 봉사

− 찬 콩, 《참된 사랑을 배우다》 중에서

비구니인 찬 콩은 틱낫한에게 수계를 받은 승려 중 한 사람이다. 베트남 전쟁이 벌어지는 동안 사회복지 프로그램의 선구자로 활동하였으며, 후에 베트남 평화를 위한 국제대변인이 되었다. 다음의 이야기는 1960~70년대에 베트남에서 있었던 찬 콩의 초기 활동을 기록한 전기로, 지금까지 기록된 그 어떤 이야기보다 육체적, 정신적 강인함을 보여주는 가장 치열한 기록 중의 하나로 알려져 있다.

어느 날 밤, 우리 일행이 탄 배는 격렬한 전투가 벌어지고 있던 외딴 마을 손쿵에 도착했다. 모두들 막 잠에 빠져들 무렵 갑자기 총성과 함께 사람들이 울부짖는 소리가 들려왔다. 그러고는 곧 몇 발의 총성이 다시 이어졌다. 일행 중 젊은 사람들은 공포에 질려 있었고, 그들 중 몇 명은 강으로 뛰어들었다. 나는 다른 두 명의 비구니들과 함께 조용히 앉아 마음을 진정시키기 위해 의식적으로 숨고르기를 하고 있었다. 고요하게 앉아 있는 우리를 본 다른 사람들은 조금씩 안정을 되찾기 시작했다. 우리는 경전 중에서도 가장 핵심이라 할 수 있는 《반야심경》을 온정신을 집중하여 조용히 외웠다. 그 후로는 한 발의 총성도 들리지 않았다. 정말로 총성이 멈춘 것인지 아닌지는 확실히 알 수 없었지만, 우리는 기도의 힘을 믿었다.

"다른 사람들을 돕기 위해 정진할 때에 총알은 우리를 피해갈 수밖에 없습니다. 우리가 총알을 피할 수는 없기 때문이지요. 우리가 선한 마음과 위대한 사랑으로 충만하다면, 그리고 어려움에 처한 사람들을 돕는 것이 우리의 유일한 목적이라면, 보이지 않는 신의 손이 우리를 총알로부터 보호해준다고 저는 믿습니다. 우리는 오직 평정심만 유지하면 됩니다. 설령 총에 맞게 된다 할지라도, 인간은 모두 언젠가는 죽을 것이므로 그것을 차분하게 받아들일 수 있습니다. 봉사를 하다가 죽는 것이라면, 두려워하지 않고 웃으며 눈을 감을 수 있습니다."

목숨을 살린 명상의 힘

– 팔덴 갸초, 〈스노우 화이트〉 회보 중에서

티베트 승려 팔덴 갸초는 중국의 감옥에서 삼십 년이 넘도록 수감 생활
을 했다. 그것은 티베트 정치범들보다 훨씬 오랜 기간이었으며, 다른 티
베트 죄수들과 함께 심한 고문도 당해야 했다. 그는 수용소 내의 밭을 경
작하는 책임을 맡고 있었다. 몸이 너무 아파 일을 나가지 못하게 되면 반
항한다는 이유로 어김없이 폭행을 당했다. 여름에는 천장에 매달려 발 아
래에서 타오르는 뜨거운 불길을 참아내야 했고, 겨울에는 얼음물에 들어
가야 했다. 팔덴이 이 모든 고문을 겪어낼 수 있었던 것은 오직 명상 수행
의 힘이었다.

나는 정식으로 불교를 공부하지는 않았다. 더군다나 감옥에서는 격
식을 갖춘 수행이 전혀 허용되지 않았기에 내가 아는 것에 한하여
간단하게 수행했다.

감옥에 있을 때, 내 태도가 마음에 들지 않는다며 어느 간수가 내
몸에 펄펄 끓는 물을 부었지만 아무 치료도 받을 수 없었다. 또 다
른 간수는 소를 모는 데 쓰는 전기 막대로 고문을 하기도 했다. 한
번은 전기 막대로 입을 고문하는 바람에 정신을 잃었는데 깨어나고

보니 치아 대부분이 빠지고 없었던 적도 있었다.

　전기 고문을 받을 때마다 나는 통렌을 수행했다. 전기 고문을 받으면 몸에 경련이 일어나게 되는데, 나는 종종 그저 차가운 무엇인가가 지나가는 듯한 정도만 느낄 수 있었다. 내면에 에너지를 집중시켜 악한 기운을 선한 것으로 변화시킨 수행이 내가 살아남을 수 있었던 이유였다.

아이들이 보여준 사랑의 힘

- 줄리아 러셀

스쿨버스 운전사로 일하며 겪었던 이야기이다. 당시 나는 몰두하고 있던 미술 작업에 방해가 되지 않으면서 예술적 영감까지 얻을 수 있는 아르바이트를 구하고 있었다. 그러던 중 스쿨버스 운전사를 구한다는 신문광고를 보게 되었다. 여름이었고 새 학기가 시작되기 한 달 전이었기 때문에 시기적으로도 좋았다. 면접을 치르러 갔을 때, 관리자인 체스터는 우선 운전 실력을 보자며 곧바로 버스가 있는 곳으로 나를 데리고 갔다. 우리는 풍경이 매우 아름다운 동네의 저수지 주변을 한 바퀴 돌았다. 체스터는 버스 운전사의 역할에 대해 이렇게 이야기했다.

"운전사는 돈을 많이 벌지 못하기 때문에 존경받는 직업은 아니지. 하지만 부모를 제외하고, 아이들의 안전을 지키고 행동에 신경 쓰는 사람은 우리 말고 아무도 없어요."

그의 말을 들으며 나는 신선한 감동을 느꼈다. 그는 낡은 작업복을 입고 언제나 손에 기름때를 묻히며 가족을 위해 헌신해온 평범한 중년의 남자였다. 그와 함께 수개월 동안 일하면서, 아이들과 직원들 그리고 모든 사람을 사랑스럽고 자상하게 대하는 마음이 그의 일하는 방식에 고스란히 담겨 있다는 것을 느낄 수 있었다. 그는 직원들에게 더 많은 급여를 주지 못해 미안하다고 사과를 하는 사람이었고, 학교 측과 번거로운 일이 생길 때마다 든든한 보호막이 되어주는 사람이었다.

한 번은 잘못을 저지른 동료를 옹호하며 그에게 항의를 했던 적이 있었다. 나를 사무실로 부른 그는 신뢰에 대한 이야기를 했다.

"살아가면서 신뢰가 없다면 우리가 무슨 일을 할 수 있겠나? 만약 사람들이 자네를 믿지 못한다면 자넨 다른 사람과 일을 할 수 없다네. 사람들은 종종 '사회'에 대해 불만을 터뜨리는데, 사회가 무엇인지 알고나 그러는 것일까? 우리가 곧 사회인 걸세. 우리가 아이들을 대변하지 않는다면 누가 대신 해주겠나?"

그의 말에는 항상 나를 꼼짝 못하게 하는 기운이 있었다. 버스 운전사로 일한다는 것은 그에게 정신 수행과도 같은 것이었다.

나도 서서히 그를 닮아가기 시작했다. 한번은 심각한 행동 장애가 있던 멜로디라는 이름의 어린 소녀가 내 버스에 탄 적이 있었다. 그 꼬마는 버스 운전사를 물기도 하고 주변의 아이들을 종종 때렸기 때문에 다른 버스에는 타지 못했다. 게다가 학교에서도 과잉 행동을 보여 다른 아이들에게 위협적인 존재였다.

처음 버스에 탔을 때 나는 멜로디를 특별히 주시하고 있었다. 하지만 아이는 구석진 좌석에 틀어박혀 그저 다른 아이들과 멀리 떨어져 있을 뿐이었다. 외롭게 혼자 앉아 창밖을 바라보는 그 아이를 보며, 다른 친구들과 함께 어울릴 필요가 있겠다는 생각을 했다. 내 버스를 타는 아이들은 다들 정말 착한 아이들이었다. 아이들은 언제나 함께 어울리려는 성향이 있기 때문에 어떤 의미에서 스쿨버스는 아이들이 서로 친해지고 함께 어울려 노는 장소였다.

멜로디의 집은 제일 나중에 들르게 되어 있었다. 나는 멜로디가 타기 전에 아이들에게 '멜로디와 같이 앉을 친구가 필요한데, 멜로디는 정말 부끄러움이 많기 때문에 아직 짝꿍을 찾지 못했다'고 말했다. 그러자 정말 놀랍게도 모든 아이들이 자진해서 짝꿍을 하겠다고 나서는 것이었다. 스쿨버스 안전요원이 동승하지 못했던 어느 날, 2학년짜리 여자 아이가 멜로디에게 다가갔다. 그 아이는 종이로 된 산타클로스 모자를 머리에 쓰고는 우스꽝스러운 목소리로 다른 아이들을 웃겼던 적이 있다. 그 아이는 산타 목소리로 이렇게 말했다.

"오, 내가 여기 앉아도 되겠니? 호, 호, 호, 사실 좌석표를 두 번이나 확인했단다. 네가 그 착한 아이로구나. 너는 황금처럼 빛이 나는 아이인 것 같아."

그 일이 있고 어느 날 산타클로스 흉내를 냈던 여자 아이가 나에게 다가와 물었다.

"오늘은 제가 멜로디랑 앉아도 되지요? 특별한 날이 되겠네요?" 그러자 그동안 문제아로 취급받던 멜로디는 얼굴을 붉히며 이렇게 말했다.

"엄마가 절 아주 자랑스러워하실 거예요. 버스에서 새로운 친구가 생겼고 모든 친구들이 저랑 앉고 싶어 하잖아요."

나는 아무것도 하지 않았다. 단지 무대를 만들어주었을 뿐이다. 이 문제 많은 꼬마를 완전히 다른 아이로 바꾸는 데에는 딱 일주일의 시간만이 필요했다.

*
**

교육이란

특정 목표를 성취하는 데 필요한

지식과 기술을 전하는 것 이상의 문제이다.

그것은 다른 사람들의 필요와 권리에 대해

눈을 뜨게 하는 문제이기도 하다.

– 달라이 라마

화해하려면 이해하라

– 익명의 제보자

인터넷 프로듀서로 일하고 있을 때 툭하면 나를 무시하는 선배 한 명이 있었다. 그의 태도가 너무 불쾌해 회사를 그만두어야겠다는 생각까지 할 정도였다. 그 무렵 명상 수련에 공을 들이고 있던 남편에게 그 이야기를 했더니 남편은 오히려 그 사람이 인내와 자비심을 키울 기회를 준 셈이니 스승이라고 생각하고 잘 이겨내라고 했다. 그래서 나는 이를 악물고 참아보기로 결심했다.

하지만 결국 최후의 결전이 벌어졌고, 곧 부서 간의 갈등으로까지 번지게 됐다. 나는 수행을 시작하기 전까지는 어떻게 해서든 그

다툼에서 그를 이기고 제압하고 싶었다. 하지만 통렌 명상을 수행하기 시작하면서 조금씩 감정을 조절할 수 있게 되었다. 통렌은 겉으로 드러나는 명상법이 아니었기 때문에 심지어 명상을 하는 동안에도 아무도 눈치를 채지 못했다. 당시에 우리는 모두 화를 내며 언성을 높였고 상처가 될 수 있는 말도 서슴없이 내뱉었다. 그때 누군가 이렇게 제안했다.

"이러지 말고 회의실에 가서 다 같이 잘 지낼 수 있는 방법을 차근차근 이야기해봅시다."

왠지 내가 먼저 어떤 말이든지 해야 할 것 같았지만, 무슨 말을 해야 할지 도무지 감이 잡히질 않았다. 그런데 불현듯 내 입에서 이런 말이 튀어나왔다.

"아시다시피, 이건 단순한 회의로 해결될 문제는 아니에요. 뭐라 딱 집어 이야기할 수는 없지만, 일 문제는 제쳐두고 상대방의 입장에서 인간적으로 이야기해보기로 하죠. 우리의 목적은 똑같은 거잖아요. 모두 현재의 프로젝트를 성공적으로 마치고 싶고, 기분 좋은 환경에서 일하고 싶은 거잖아요. 그러기 위해선 우선 서로에 대한 적대감을 버리는 게 필요한 것 같아요."

그러자 나를 무시하던 그 선배가 자신의 어머니에 대한 이야기를 꺼내 모두를 놀라게 했다. 그는 십 년 가까이 어머니와 아무런 대화도 않고 살았는데, 관계 치료 상담을 받고 나서는 서로의 마음을 열고 지금은 잘 지내고 있다는 것이었다. 우리들은 겉으로 내색은 하지 않았지만 모두 어느 정도 공감을 하는 것 같았다. 나는 그런 그를 바라보며 마음이 누그러드는 것을 느낄 수 있었다. 평소와는 달리 그에게 적대감도 생기지 않았다. 우리는 서로를 위한 전환점을 만들 기회를 만나게 된 것이다.

회의가 끝나갈 무렵 회계사가 모두에게 짓궂게 농담을 했다.

"오, 저는 여러분 모두를 사랑합니다."

물론 분위기를 좋게 만들려고 던진 말이었겠지만, 그것이 그때 회의실의 분위기를 가장 잘 설명해주는 말이었다. 정말 놀라웠던 것은 그 사람들 모두가 전혀 감정적인 사람들이 아니라는 점이었다. 그들은 모두 나와 비슷한 사람들이었던 것이다.

표현해야 사랑이다

– 샤론 잘츠베르크, 《자애심》 중에서

장기 수행법long retreat을 가르치기 위해서 명상회를 방문 중이었던 나는 교통사고를 당해 목발을 짚고 다녀야 했다. 그해에는 달라이 라마가 협회를 방문하기로 예정되어 있었다. 달라이 라마는 한 나라의 지도자였으므로 보안에 만전을 기하기 위해 모두들 철저히 준비를 해야 했다.

평화롭고 소박한 우리 명상회 주변은 순식간에 요새로 변해버렸다. 거리는 통제되었고 총을 소지한 주 경찰들이 건물 지붕마다 배치되었으며 구역마다 순찰을 돌고 있었다. 거리는 수많은 취재진과

들떠 있는 사람들로 가득 메워졌다. 하지만 목발을 짚고 있던 나는 우울했다. 특히 달라이 라마의 도착에 맞춰 환영 인사를 하려는 수많은 사람들에게 밀려 강당 맨 뒤로 가야했을 때는 정말 많이 속상했다.

마침내 달라이 라마를 태운 승용차가 도착하자 사방에서 카메라 플래시가 터지고 여기저기에서 환호성이 쏟아졌다. 그런데 차에서 내려 주위를 둘러보던 달라이 라마가 강당 맨 뒤에서 목발에 의지해 서 있는 나를 바라보았다. 그러고는 마치 가장 힘든 상황에 있는 사람이라도 발견한 듯 군중 사이를 뚫고 곧장 내게로 다가와 내 손을 잡고 눈을 맞추며 물었다.

"무슨 일이 있었던 겁니까?"

아름다운 순간이었다. 그전까지 나는 소외되어 있었다. 하지만 그가 가까이 다가와 주는 순간 나는 단번에 보살핌을 받는 사람이 되었다. 달라이 라마가 육체적 고통을 없애준 것은 아니었다. 물론 그렇게 할 수도 없었지만, 그의 관심과 열린 마음이 나를 사람들 속으로 이끌어주었다. 누군가의 가치를 이끌어내는 데에는 대단한 것이 필요한 것이 아니다. 작은 행동이면 충분하다.

편견 없는 사랑

− 페마 최드뢴

파리의 아주 조그마한 아파트에서 살 때, 저녁이 되면 개를 이끌고 샹젤리제 근처의 작은 공원으로 산책을 나가곤 했다. 거기에서 명상을 하면서 구경도 하고 개와 놀아주기도 하며 시간을 보냈다. 샹젤리제 거리에서 불과 30미터밖에 떨어져 있지 않은 그 공원에는 무수히 많은 사람들이 지나다니고 있었지만 아무도 나를 의식하지 않았다. 그렇기 때문에 나는 온전히 혼자 있는 느낌으로 휴식을 취할 수 있었다.

그곳에서 나는 이전에 배운 가르침들을 떠올렸다. 스승님들은 편견과 편애 없이 모든 사람들에게 자비심을 갖는 것이 가장 중요한 덕목이라고 가르쳐주었다. 그래서 어느 날 저녁, 나는 배운 것을 한 번 실천해보기로 했다. 공원을 오가는 행인들과는 물리적으로는 아주 가까운 곳에 있었지만, 그들에 대해 어떤 생각을 갖기에는 굉장히 먼 거리였다. 나는 아무런 편견 없이 완전히 자유롭게 그 사람들을 위해 기도하기 시작했다. 모두가 낯선 사람들이었지만, 어떠한 보답을 기대하지 않고 나의 사랑을 진심으로 줄 수 있었기 때문에 아주 가깝게 느껴지기도 했다. 순간 완전한 행복이 내 주변을 에워싸는 것을 느낄 수 있었다. 사랑을 준 것은 나인데, 그보다 더 큰 사랑의 감정이 되돌아왔던 것이다.

차를 타고 가면서도 종종 이 명상법을 실천해보기도 한다. 예를 들면, 차가 막히거나 신호를 기다리고 있을 때 우연히 눈이 마주치게 되는 사람들을 바라보고 미소를 지으며 나의 사랑을 전해보는 것이다. 이렇게 지나쳐가는 중에 다른 사람을 향해 미소를 짓는 것은 아주 찰나이기 때문에 어렵지도 않다. 나의 사랑은 편견이 없고, 모든 존재를 포용하는 평정 그 이상의 것이다. 가끔 아무런 이유 없이 자신을 향해 미소를 짓는 누군가로 인해 완전히 다른 사람이 되는 경우를 본 적도 있다.

***

스스로를 감동시키거나 어떤 것들로부터 감동받고자 할 때,

그 방법은 무한하다는 것을 알게 될 것이다.

그리고 그 마음 안에는 따뜻함과 온화함 그리고 포용력이

무한히 잠재해 있다는 것을 발견할 수 있을 것이다.

– 페마 최드뢴

외로움이 가장 큰 분노를 만든다

– 페마 최드뢴, 《당신이 있는 곳에서부터 시작하라》 중에서

25년도 훨씬 전에 페마 최드뢴은 티베트 불교의 한 종파인 카규파의 비구니가 되었다. 오늘날 그는 캐나다 노바스코샤 주에 있는 감포 사원의 주지승으로, 자아에 대한 엄격한 정직성과 타인에 대한 자비심의 가르침으로 유명하다.

얼마 전에 친구로부터 나를 비난하는 말과 함께 절교를 선언하는 편지 한 통을 받았다. 편지를 읽고 처음에는 상처를 받았는데, 시간이 지나면서 점점 화가 나기 시작했다. 그래서 내가 배운 모든 가르침을 활용해 훈계하는 내용의 편지를 써서 그녀에게 보냈다. 그때까지의 관계로 미루어 보아, 내 편지를 읽으면 그 친구가 이내 수그러들 것이라고 생각했다. 하지만 아무런 도움이 되지 않았다. 오히려 서로 다른 역할을 가진 사람으로 만들어버렸다. 나는 모든 것을 아는 선생님이 되었고, 그 친구는 아주 못난 학생이 되어버린 것이었다.

그러던 어느 날, 편지를 쓰느라 모든 에너지를 소진해버렸는지 엄청난 외로움이 엄습해왔다. 나는 슬픔에 빠졌고 한없는 나약함을 느꼈다. 그런 마음 상태에 빠져들게 되자 비로소 친구가 왜 나에게 그런 편지를 보냈는지 알 수 있었다. 그것은 외로움과 소외감이었다. 친구는 대화를 시도했던 것이었다. 우울증에 빠진 사람들은 다른 사람의 사랑을 확인하기 위해 분노를 표출하곤 한다. 나는 그때서야 친구에게는 자신의 분노에 맞받아치는 사람이 필요한 것이 아니었다는 것을 알게 되었다. 그래서 이번에는 전혀 다른 내용의 편지를 솔직하게 써서 보냈다.

"그래, 마음껏 나를 비난하고, 네가 가진 분노를 모두 나에게 터뜨리도록 해. 하지만 나는 너를 포기하지 않을 거야."

이 싸움을 피하고 얼버무리기 위해 쓴 편지는 아니었다. 그렇다고 친구를 더 심하게 비난하기 위한 것은 더더욱 아니었다. 나는 처음으로 다른 사람을 위해 나를 변화시킨다는 것이 어떤 것인지를 알게 되었다. 경험해봐야 그것의 실체를 알 수 있으며, 비로소 소통할 수 있는 문이 열리는 것이다. 상황을 악화시키지 않고도 다른 사람들의 내면에 감추어진 통찰력과 용기, 온화한 마음을 이끌어낼 수 있는 것이다.

*
**

상대적인 보리심은

아주 간단하고 기본적인 깨달음을 통해 얻을 수 있다.

여기서 깨달음이란 어떤 상황에서도 온화한 마음을

유지하는 것을 의미한다.

– *최감 트룽파 린포체*

모든 이들을 향한 축복

– 미셸 루소

18년 전쯤에 딜고 키엔체 린포체가 프랑스에 방문했을 때, 나는 그의 숙소가 있는 라 소너리에 머물고 있었다. 키엔체 린포체는 이곳에 방문할 때마다 한두 달씩 머물며, 주로 가르침을 전하거나 계를 내렸다. 그의 가르침을 배우기 위해 전 세계에서 많은 사람들이 모여들었다. 그의 가르침을 듣고 싶은 사람은 누구든지 제시간에 맞춰 오면 되었다. 세 명이 됐든 삼십 명이 됐든 그는 자연스럽게 가르침을 베풀었다. 그의 주된 목적은 젊은 라마승과 삼 년 명상 수행에 입문한 수련생들에게 계를 전하는 것이었지만, 그의 가르침은 모든 이들에게 열려 있었다.

같은 시기에 뇨슐 켄포 린포체도 그곳에서 삼 년 수행 과정에 있는 수련생들을 가르치고 있었다. 후에 소걀 린포체를 비롯한 라마 승들의 스승이 되었지만, 당시 익명으로 조용히 활동하고 있던 그를 아는 사람은 거의 없었다.

어느 날, 사람들과의 관계에 시련을 겪고 지쳐 있던 나는 잔디에 앉아 울음을 터뜨리고 말았다. 그런 나를 지켜보던 뇨슐 켄포 린포체는 내 옆으로 다가와 앉더니 나지막이 속삭이듯 말을 건넸다. 물론 영어나 프랑스어를 못했기에 손짓을 섞어 자신의 의사를 전하려 했다. 그는 하늘이 얼마나 넓은지를 말하기 위해 양팔을 뻗어 둥글게 모으며 입술로 바람을 불어냈고, 힘내라며 손가락으로 자신의 미소를 가리켰다. 알아들을 수 없는 언어와 몸짓 그리고 표정만으로 표현한 것이었지만, 순수한 그의 메시지는 모두 명쾌하게 전달되었다. 그렇게 그는 내 곁에서 내 마음을 열어주었다. 나는 그에게서 명상법을 배우게 되었고, 그처럼 멋진 스승을 만날 수 있었던 것은 정말 대단한 행운이었다.

그는 파리에 오면 지하철을 타거나 여기저기 산책하는 것을 좋아했다. 평범한 사람들을 만날 수 있기 때문이었다. 그가 사람들에게 다가가 아주 살짝 스치듯 옷깃을 건드리는 것을 볼 때마다 나는 놀라곤 한다. 하지만 너무 자연스럽게 다가가 행복하고 부드러운 미소를 짓기 때문에 그를 꺼려하는 사람은 아무도 없었다. 마치 아이들처럼 그는 새롭고 흥미로운 것이면 무엇이든 호기심을 보이며 다가갔다. 그것이 그가 사람들과 소통하는 방식인 것이다. 그와 스치는 사람들은 알아차리지 못하겠지만 그로부터 축복을 받고 있는 것이라고 나는 확신한다. 언제나 자비와 온화함이 가득한 그에게는 세상 누구와도 소통할 수 있는 능력이 있었다.

*
**

불교의 핵심을 물어본다면,
그것은 깨어나는 것이라고 대답할 것이다.
그리고 깨어있다는 것은
봉사하는 방법을 배울 수 있다는 것이다.

– 버나드 글라스먼

인간이 가진 두 개의 가면

– 달라이 라마, 《새천년을 위한 윤리》

유럽 여행 중에 아우슈비츠에 있는 나치 강제 수용소를 방문할 기회가 있었다. 그동안 이야기도 많이 듣고 관련된 책들도 많이 읽었지만, 직접 가서 그들의 역사와 마주해보니 그것은 충격과 공포 그 자체였다. 수천 명을 태워 죽였다는 가마를 처음 봤을 때 나는 완전히 혐오감에 휩싸였다. 그곳에 남아있는 끔찍한 증거들을 통해 알게 된 어마어마한 희생자 수와, 피도 눈물도 없는 냉혹함에 할 말을 잃었다.

방문객 센터 안에 있는 박물관으로 자리를 옮겼을 때, 신발 한 무더기 쌓여 있는 것을 볼 수 있었다. 대부분이 기운 자국이 있었고, 크기가 작았던 것으로 보아 아이들과 가난한 사람들의 것이었음을 짐작할 수 있었다. 순간, 울컥하고 슬픔이 밀려왔다. 대체 이런 사람들이 어떤 위협이 되었단 말일까? 나는 그 앞에 멈춰 서서 다시는 이런 일이 벌어지지 않기를 바라며 비극의 희생자와 가해자를 위해 마음속으로 기도했다. 그리고 우리는 모두 이타적으로 행동할 수도 있지만 동시에 살인자나 박해자가 될 가능성도 품고 있으므로, 이와 같은 비극이 또다시 일어나지 않도록 내가 할 수 있는 모든 것을 다하겠다는 맹세를 했다.

종교의 벽을 넘어서

– 마이클 다미안

나는 병세가 위중해진 어머니를 간호하기 위해 라스베이거스로 갔다. 독실한 천주교 신자였던 어머니는 자식들도 신실한 천주교 신자로 키웠다. 비록 자라면서 천주교의 배타적인 교리가 싫어 돌아서긴 했지만, 어릴 때 배우고 경험한 것들은 내가 티베트 불교로 안착할 때까지 여러 종교들을 탐구하는 데에 많은 도움이 되었다. 당연한 일이었지만, 어머니는 나의 신앙을 인정하지 않았고 강하게 반대하셨다. 이렇게 어긋난 관계로 인해 나는 무척 마음고생을 했다.

어머니는 사람들을 따뜻하게 대하고 베푸는 것도 좋아하셨지만 어두운 면도 있었다. 어렸을 때부터 품고 있던 마음의 상처를 종종 가족들에게 표출했으며, 감정적으로도 상당히 뒤틀려 있었다. 어머니가 병상에 누울 무렵 좋지 않은 감정들은 대부분 정리할 수 있었지만, 매일 미사에 참석하고 묵주기도를 외우며 신과 교감을 이루려던 모습은 쉽게 받아들일 수 없었다. 어머니는 특히 성모마리아를 아주 특별하게 생각하셨다. 집 안 곳곳은 물론, 주차장과 정원 그리고 간이차고에도 성모마리아상이 놓여 있었다.

호스피스 훈련을 받은 동생과 나는 어머니의 임종을 지켜볼 때 크게 두려워하지 않았다. 삶과 죽음을 다룬 소걀 린포체의 저서《삶과 죽음을 바라보는 티베트의 지혜》를 읽고 많은 것을 알게 된 나는 어머니가 최대한 편안하게 죽음을 맞이할 수 있도록 도와드리고 싶었다. 비판적 태도를 버리고, 어머니가 신앙을 키워갈 수 있도록 도움을 주려 했다. 어머니가 더 이상 말을 할 수 없는 상태가 되었을 때는 매일 밤 성모마리아가 우리 곁에 있다는 말로 안정을 시킨 후에야 방을 나서곤 했다.

어머니가 반혼수상태에 빠져 사경을 헤매고 있을 때, 죽을 때 우리 몸에 일어나는 변화와 죽음의 순간에 명상하는 법을 설명한 법전의 구절을 읽어드려야겠다는 생각이 문득 들었다. 그런데 놀라운 것은 내가 법전을 읽어드릴 때 천주교인인 어머니가 불교의 핵심을 이해할 수 있도록 쉽게 풀어 이야기하고 있었다는 것이었다. 하지만 어머니와 나의 신앙 사이에는 여전히 뚜렷한 벽이 있었다.

나는 내 방에서 염주로 명상을 하고, 병실에서는 어머니를 위해 천주교 기도문을 외웠다. 어머니를 간호하는 사람은 나밖에 없었기 때문에 밤에 몇 번씩 어머니의 상태를 확인하러 병실에 들렀어야 했는데, 그때마다 한 손엔 염주를, 다른 한 손엔 묵주를 들고 마치 영혼을 지키는 카우보이가 된 것처럼 나의 영적인 필요와 어머니의 영적인 필요를 모두 채우기 위해 분투했다.

그러던 어느 날이었다. '나의' 기도와 '어머니의' 기도 그리고 '우리의' 기도를 열심히 올리고 있을 때, 갑자기 모든 것이 폭발하면서 불교와 천주교 그리고 나와 어머니 사이에 존재하던 모든 관념적인 경계가 무너지는 것을 느낄 수 있었다. 하나의 마음 안에서 나의 염주는 묵주가 되었고, 또다시 염주가 되는 것이었다.

그때까지는 어머니를 용서하는 것이 내가 할 수 있는 최선이라는 생각을 하고 있었다. 하지만 그 일을 겪고 나자 내가 그 이상의 것을 원하고 있다는 것을 깨달았다. 어머니가 나에게 얼마나 많은 상처를 줬든, 또 앞으로 얼마나 더 나를 힘들게 할 건지와 상관없이 어머니가 더 이상 고통 받지 않기를 바랐다. 돌아가시는 순간까지 나는 그렇게 빌고 또 빌었다. 그런 나를 본 동생도 어머니를 향한 마음을 열고 나와 함께 기도했다. 우리는 어머니에게도 우리에게 쌓였던 모든 것을 내려놓으시라고 말씀을 드렸다. 그리고 모든 것을 받아들일 준비를 하는 동시에 머리맡에 있는 성모마리아만 생각하면 된다고 말하며 위로해주었다. 우리는 어머니가 평생 믿어온 천주교에 대해 완전한 믿음을 갖고 떠나시기를 바랐다.

어버이날에 숨을 거둔 어머니는 아주 편안한 임종을 맞이하셨다. 동생과 나는 어머니 곁에서, 이제 죽음이라는 신비롭고도 자연스러운 과정에 들어가는 것이라고 속삭이며 끝까지 성모마리아에 집중할 수 있도록 도왔다. 그렇게 했던 것이 어머니에게 분명 도움이 되었을 것이라고 생각한다. 그로 인해 어머니가 축복 안에서 돌아가셨다는 것 그리고 어머니가 이승에서 털어놓았어야 할 많은 것들을 정화시켰다는 확신을 가질 수 있었다.

**
*

죽음을 앞에 둔 사람과 함께 앉아 있는 것은 부처가 될 사람과 함께 앉아 있는 것과 같다. 그들 내면에 잠재한 티 없이 깨끗하고 눈부신 거울 같은 부처의 본성과, 순식간에 사라질 거울 위를 얇게 덮고 있는 회색 먼지와 같은 고통과 번뇌를 상상해보라. 그러면 사랑과 용서의 눈으로 그들을 바라보며 무조건적으로 사랑할 수 있을 것이다. 당신의 이러한 자세는 죽어가는 사람들의 마음을 완전히 열리게 한다는 것을 알게 될 것이다. … 하지만 우리는 기억해야 한다. 스스로 먼저 감화되지 않는다면, 그 누구도 감화시킬 수 없다. - 소걀 린포체

좋은 마음은 전염된다

- 세포 에드 파리

동성애자였던 나로서는 십대 후반에 시작된 독립생활이 완전한 탈출구였다. 매일 파티와 섹스에 빠져 살면서, 진리를 찾는다며 엉뚱한 곳을 헤매고 다녔다. 미국의 작은 마을에서 자란 나의 주변에는 동성애자가 한 명도 없었으므로 내게 찾아온 그 혼란을 어떻게 받아들이고 해결해야 할지 전혀 알 수 없었다. 오직 술만이 나를 위로해주었고 성 정체성의 혼란을 받아들일 수 있는 용기를 주었다. 하지만 그 술은 가족과 친구들, 직장을 앗아갔고, 자존감까지 파괴시켰다. 다행히도 나는 알코올 중독 치료 12단계 프로그램에 참여하여 술을 끊을 수 있게 되었다. 그때가 이십 대 중반이었다.

그 무렵 나에게도 진실한 사랑이 생겼고, 가족들과의 관계도 회복되었다. 그리고 레스토랑 매니저라는 번듯한 직업을 얻어 대학 공부도 다시 시작할 수 있게 되었다. 그 후로 나는 치열하게 살았다. 탄탄한 미래가 기다리고 있는 젊은이에게 더 필요한 것은 없는 것만 같았다.

80년대 말부터 90년대 초는 에이즈의 등장으로 세상이 떠들썩해진 때였다. 에이즈는 곳곳에 숨어 있었다. 처음에는 별로 친하지 않은 사람들 중에서 한두 명이 걸리더니 다음에는 서너 명, 그러더니 그 수는 점점 불어 열 명이 되었고, 결국엔 가까운 친구들까지 에이즈에 걸렸다. 하지만 나만은 끝까지 만족스러운 삶을 살 수 있을 것이라 생각했다. 적어도 내가 보균자라는 진단을 받을 때까지는 그랬다.

진료실에 들어가면서도 나는 자신이 있었다. 3년 동안 술은 입에도 대지 않았으며, 12단계 알코올 치료 프로그램도 아주 잘 마쳤다. 더 나빠질 것이 없었다. 하지만 진단 결과는 양성이었고 나는 믿을 수 없었다. 그저 눈물만 계속 흘러내렸다. 내 머릿속에는 오로지 "나는 곧 죽는다, 나는 곧 죽는다." 라는 말만 맴돌았다. 친구인 바버라의 품에 얼굴을 묻고 소리 없이 펑펑 울었다. 어디로 가야 할지 알 수가 없었고 가족들에겐 어떻게 말해야 할지 아무 생각도 나지 않았다. 며칠을 정신이 나간 상태로 보내며 허무한 삶을 정리하려고 노력했다.

그렇게 두 달이 지날 무렵, 다행히 불치병에 걸린 사람들을 지원하는 단체를 알게 되었다. 메리앤 윌리엄슨이 설립한 맨해튼생명센터였다. 처음 등록하러 가서 내가 놀랐던 것은 환자 중의 상당수가 치료를 받는 동시에 그곳에서 자원봉사자로 일을 하고 있다는 것이었다. 치료와 봉사를 시작한 지 두 달밖에 안 지났지만 다른 사람을 돕는 일에 완전히 빠져든 나는 봉사하는 일에 남은 인생을 바치기로 결심했다. 일을 시작하고 세 달 정도 되었을 때, 보수는 적지만 정식으로 일을 해보지 않겠냐는 제안을 받았다. 직무는 환자 상담에서부터 응급센터 총괄까지 다양하게 해볼 수 있었기 때문에 아주 좋은 기회였다.

가능성이 없는 싸움이라도 끝까지 긍정적인 태도를 잃지 않고 용감하게 싸우는 환자들은 나에게 정말 좋은 본보기가 되었다. 하지만 죽음은 먼 곳에 있지 않았다. 처음에는 누군가의 죽음을 본다는 것이 너무나 괴로웠다. 생명의 아름다운 빛이 처참하게 꺼져가는 것을 보고 있으면 내 몸도 갈가리 찢기는 기분이었다. 이곳에서 마주치는 사람들을 또다시 볼 수 있을지는 아무도 장담할 수 없었다.

나는 모든 사람들에게 좀 더 따뜻하고 편안하게 대해주고자 노력했다. 그러자 마음이 점점 더 열리는 것을 느낄 수 있었다.

하지만 곁에 있던 사람들이 하나하나 사라지는 곳에서 평정심을 유지하는 것은 너무 힘든 일이었다. 그렇게 몇 달간 비극을 반복하게 되자 죽음은 더 이상 개인적으로 와 닿지 않았다. 그저 환자 보관함에서 사망자 보관함으로 차트를 옮기고 게시판에 부고를 알리는 것으로 모든 것이 끝이 났다. 차츰 슬픔에도 익숙해져 갔다. 센터에 있던 마지막 두 달 동안 나는 가장 친한 친구를 포함하여 스무 명의 친구들을 떠나보냈다. 나의 감정은 완전히 무감각해졌고, 내가 무슨 일을 겪고 있는지조차 느끼지 못할 지경이었다.

감정이 완전히 소진된 나는 결국 센터를 떠났다. 그러다 우연히 참선 사찰에서 에이즈 환자들을 위한 수행을 한다는 광고를 보게 되었다. 나 자신을 치유할 시간이 필요하다고 생각한 나는 곧바로 사찰을 찾아가 등록을 했다. 그리고 수련생으로 지내다가 아예 그곳에 남기로 결정했다. 그렇게 해서 나는 수련생으로는 최초로 계를 받은 수도승이 되었다.

수행을 시작하고 처음 몇 년 동안은 정말 많이 울었다. 특히 명상 시간이 되면 그랬다. 그러던 어느 날, 내가 처음에 참여했던 것과 똑같이 에이즈에 걸린 사람들과 보균자들을 위한 명상 센터를 하나

만들어보지 않겠냐는 제안을 받았다. 그동안 명상 수행을 통해 강해져 있다고 생각한 나는 흔쾌히 수락했다. 기쁜 마음으로 주말 행사를 열고, 지압사들과 상담가들을 초대하고, 수행자들을 위한 채식 식단을 짜고 식사를 준비했다. 일정을 소화하기 위해선 겨우 네 시간밖에 잘 수 없었지만, 나 자신을 온전히 바칠 수 있는 유일한 일이었다.

최근에는 나의 오랜 친구 한 명이 지압사로 봉사를 하겠다며 수련원을 찾았다. 그는 맨해튼생명센터에 환자로 있을 때부터 수년간 자신만의 치유법을 개발해왔다. 그리고 그것을 이제 막 에이즈 환자들에게 돌려주고 싶다는 말을 했다. 사실 그는 맨해튼생명센터에 있을 당시 몇 년 동안 나를 지켜봐왔는데, 쉬지 않고 봉사하는 내 모습에 감동을 받고 자신도 열린 마음으로 열정과 헌신을 갖고 다른 사람을 돕는 데 모든 것을 바치기로 결심했었다는 것이었다. 그는 내년에도 행사에 참여하고 싶다고 했다. 그 말을 듣자 눈물이 차올랐다. 목이 메인 나는 아무 말도 할 수 없었다.

내가 대단한 일을 했다고는 생각하지 않는다. 그저 아픔이 느껴지는 곳에서 멈춰 섰을 뿐이었다. 누군가의 착한 마음씨에 감동을 받으면서도, 단 한 번도 나의 헌신적인 봉사가 또 다른 누군가에게 봉사의 마음을 심어줄 것이라고는 생각하지 못했다. 나는 그때도,

지금도 그리고 앞으로도 영원히 감사할 뿐이다.

*
**

만약 평화롭고 행복하다면,
우리는 꽃처럼 피어날 수 있다.
그리고 가족과 사회 안에서 모든 사람들은
이 평화로 인해 유익함을 얻게 될 것이다.

– 틱낫한

우리들은 모두 특별한 존재

– 제프리 홉킨스, 《탄트라 수행》 중에서

1972년 인도에서 열린 한 강연회에서 달라이 라마는 이렇게 말을 했다.

'모든 인간은 자애롭다.'

이 가르침을 듣고 얼마 지나지 않아, 나는 달라이 라마의 스승님이었던 장로 한 분을 찾아갔다. 그는 마치 사랑의 화신처럼 보였다. 그에게 중생들이 어떻게 항상 자애롭기만 할 수 있냐고 물었다. 그러자 그는 모든 사람들을 공덕의 밭으로 볼 수 있기 때문에 자애로운 것이라고 했다. 즉, 우리의 마음은 봉사 정신을 통해 강화되는

데, 이 봉사 정신은 다른 사람을 통해 수행할 수 있는 것이라는 말이다.

내 눈에 비친 그는 진심으로 사람들을 그렇게 대했다. 모든 중생은 특별한 가치를 지니고 있다는 그의 신념이 너무 확고해서 그와 함께 있기 고통스러울 정도였다. 나를 더 특별하게 봐주길 바랐던 나는 약간 불쾌하기까지 했다. 나에 대해 "이 사람은 정말 똑똑한 사람이군." 이나 "기분 좋은 사람이군." 으로 생각해주기를 원했기 때문이었다. 실제로 그는 나와 함께하는 이 시간을 굉장히 즐거워했다. 그의 태도는 모호하거나 소극적이지 않았다. 하지만 그가 느끼고 있는 기쁨은 내가 아니라 다른 누구였어도 마찬가지였을 것이다. 사람들을 만나 좋은 점과 안 좋은 점을 짚어낼 수도 있었지만 그것은 그가 사람을 평가하는 기준이 아니었다. 그는 인성보다 더 깊은 내면을 바라보았다. 그와 만났다는 것만으로도 나에게는 아주 위대한 가르침이 되었다고 생각한다. 왜냐하면 그와 함께 있는 동안 내면에 잠재해 있던 안 좋은 인성 몇 가지를 버릴 수 있었기 때문이다.

승려가 되고 싶었던 아이

– 투브텐 로드뢰

나는 스물일곱 살의 티베트 불교 수도승이다. 이름은 투브텐 로드뢰이며 프랑스에서 태어났다. 나는 여기에서 나의 스승님의 이야기를 소개하기 위해서이다.

셴펜 린포체도 프랑스에서 태어났다. 열여섯 살 때 날란다 사찰에 들어가 그곳에서 수도승 서원을 올렸다. 셴펜 린포체는 후에 라마 겐둔 랍기에의 화신으로 인정받고 1990년에 성하 달라이 라마와 함께 수계식을 올렸다.

그는 '수도승 생활' 첫 해에 최초로 비영리기관을 설립했고, 인도에 치료실과 목욕시설을 갖춘 작은 진료소를 세워두고 수차례 봉사를 떠났다. 또한 프랑스에 티베트 난민들을 위한 후원 단체와 각종 프로그램을 만들어 사회적, 윤리적, 교육적으로 어려움을 겪고 있는 사람들을 도왔다.

셴펜 린포체의 도움을 받았던 아이들 중에 토니라는 아이가 있었다. 토니는 러시아에서 왔는데, 저항력이 아주 강한 희귀 백혈병에 걸린 아이였다.

셴펜 린포체가 치유사로 널리 명성을 떨칠 무렵, 이 아이를 위해 기도해달라는 부탁을 받고부터 두 사람의 만남은 시작되었다. 셴펜 린포체는 인터넷을 통해 토니를 처음 만났는데, 직접 만나야겠다고 생각하고 토니가 어머니와 함께 살고 있는 독일로 갈 채비를 했다. 하지만 며칠 후, 셴펜 린포체는 모든 일정을 변경했다. 자신이 거주하고 있던 그리스 파로스 섬의 센터를 토니의 치료를 위한 요양원으로 바꿨던 것이다. 센터에 있던 불교 수련생들은 모두 그가 아이를 돌보는 모습과 또한 그를 아버지처럼 따르는 토니를 보고 감동했다. 스승님은 아이를 위해 기금을 모았으며 전 세계 불교도들에게 다 함께 기도해달라고 부탁했다.

토니는 아주 섬세한 아이였다. 하지만 굉장히 예민했고 공격적이다 싶을 정도로 과잉성 행동 장애의 성향이 있었다. 한시도 눈을 뗄

수가 없었으며 모든 에너지를 쏟아야 했기 때문에 돌보기가 쉽지 않은 아이였다. 하지만 셴펜 린포체와 있을 때면 순식간에 차분하고 평온한 상태로 바뀌어 놀라울 정도였다. 토니는 점차 주변에 있는 사람들을 도울 방법을 생각하기 시작했다. 겨우 아홉 살이었지만, 토니는 무슨 일이 생겨도 끝까지 자신의 곁에 있어줄 사람은 아버지이자 제일 친한 친구이자 스승인 셴펜 린포체일 것이라고 생각했다.

병이 재발하자, 셴펜 린포체는 토니를 데리고 독일에 있는 병원에 입원시키고 일주일 동안 밤낮으로 간호했다. 그리고 토니가 수술을 할 때마다 마취에 들면서부터 깰 때까지 아이의 옆에 있었다. 토니에게는 '투브텐 노르부'라는 법명이 생겼다. 하지만 우리는 모두 '토니-노르부'라고 불렀다. 노르부의 의미는 '값진 원석'이다. 셴펜 린포체가 보여준 사랑과 보살핌에 감화된 토니는 승려가 되기로 결심했다. 그러고는 다른 사람들을 가르치고 도와야 하기 때문에 자신도 가르침을 배워야 한다며 침대에 누워 공부를 하기 시작했다. 하지만 토니는 셴펜 린포체와 만난 지 9개월 만에 자신이 사랑하는 라마승을 옆에 둔 채 세상을 떠났다.

토니는 정말 특별한 아이였다. 나는 토니의 이야기를 통해 기도와 대화, 자기희생을 통해 최적의 행위를 최적의 순간에 행한다면 다른 사람들의 마음까지도 변화시킬 수 있다는 점을 배울 수 있었다. 토니는 그것을 잘 실천했던 아이였다. 병과 고통으로 죽어가면서도 병원에 있던 다른 아픈 친구들을 위해 기도한 토니의 이야기는 나에게는 특별한 의미로 다가왔다. 그리고 오로지 다른 이들의 행복을 위하는 이들이 얼마나 존귀한 존재인지를 깊이 깨닫고 감사하는 시간이 되었다.

*
**

병들고 아픈 사람을 만났을 때,
우리는 그 사람을 통해 바로 그 순간
같은 고통을 겪고 있는 모든 중생을 떠올릴 수 있다.

– 게셰 출트림 기엘첸

삶을 낭비하지 마라

– 라마 수리아 다스

뇨슐 켄포 린포체의 가르침을 받던 시절에 나는 거의 매일 그와 동행했다. 한번은 툴쿠 페마 왕걀과 함께 가르침을 전하기 위해 프랑스 남부의 보르도와 브르타뉴에 방문한 적이 있었다.

티베트와 히말라야에는 사람들이 즐길 만한 바닷가가 없다. 게다가 몇몇 종파에서는 스님들의 수영을 금지하고 있기도 하다. 그래서 켄포 린포체는 사람들이 쉬고 있는 해변을 그때 처음으로 보았을 것이다.

사찰로 돌아온 그는 인생의 여덟 가지 고통에 대해 설명하다가,

불현듯 얼마 전에 보았던 해변에 대한 이야기를 시작했다.

"해변에 있는 사람들은 모두들 가만히 누워만 있더군요. 명상이나 요가를 수행하는 사람은 한 명도 없었습니다. 좀 지루하다 싶으면, 자세를 바꿔 엎드릴 뿐이었죠. 아무것도 하지 않고 있다가 시간이 지나면 다시 자세를 고치고 누워 또다시 몇 시간을 보내더군요."

그는 충격을 받은 듯, '사람들은 왜 그러고 있을까요?' 라는 질문을 되풀이했다. 이해할 수 없는 그 광경을 보고는 측은지심이 일었던 것이다.

"자신의 귀한 삶을 어쩌면 그렇게 낭비할 수 있는 것일까요? 인생은 아주 짧고 허무하지만, 매우 값지고 귀중하며 필연적이지요. 삶을 그렇게 낭비하면 안 됩니다. 모든 사람의 행복과 안녕을 위해 아낌없이, 유용하게 쓰여야 합니다. 다음 생에 대해 고민하며 보내야 합니다. 삶은 뜨거운 태양 아래 잠들어 있는 도마뱀처럼 하루 종일 빈둥대라고 주어진 것이 아닙니다."

그는 더욱 열띤 어조로 힘주어 말했다.

"해변으로 가 이제 모두들 깨어날 시간이라고 외치고 싶습니다. 나는 지금 당장 그들을 깨우러 떠날 것입니다."

그의 진심 어린 이야기에서 아무 의미 없이 몸에 배어 있는 사치의 습관이 얼마나 공허한 것인가를 깨달을 수 있었다.

윤회하는 삶

– 페노르 린포체

어린 시절에 나는 염소와 양 같은 가축들이 도살되는 것을 보게 되었다. 너무 놀라고 화가 난 나는 울음을 터뜨렸다. 보지 않으려고 고개도 돌렸다. 이런 기억 때문인지 몰라도 나는 일찍부터 생명이 있는 것들이 겪는 고통에 대해 생각하기 시작했다. 그것은 이 세상의 것들만이 아니라 지옥에 있는 것들까지도 포함됐다. 나는 모든 존재하는 것들은 예외 없이 윤회라는 근본적인 고통에 사로잡혀 있다는 것을 조금씩 이해하기 시작했다. 자기 안에 있는 고통을 실제적으로 느끼며 시간을 갖고 생각해보는 것은 매우 중요하다.

육식을 예로 들어보자. 고기를 먹을 때 동물들이 겪었을 고통을 생각하고 그 고통을 진실로 공감해보는 것은 아주 중요하다. 그리고 반드시 내가 먹고 있는 그 존재들을 위해 기도와 진언을 수십 번 올려 그것들이 다음 생에서는 자유로워질 수 있도록 해줘야 한다.

직접 도살장으로 가서 기도를 할 수도 있다. 사람들의 만족을 위해 생명을 내준 동물들을 위해 기도를 할 수 있게 되면, 생명을 가진 모든 것들을 위해 기도할 수 있게 된다. 그러면 다른 이들이 겪는 고통도 더 이상 남의 고통이 아닌 자기 자신의 고통으로 느끼는 날이 온다. 다른 이들에게 베푸는 법을 이해하려면 먼저 고苦의 본질을 완전히 이해해야 한다. 진짜 자애심을 불러일으키는 것은 이러한 이해에서 시작된다.

**
*

보리菩提는 우리가 스스로 살피는 것만큼
다른 사람들을 보살필 때에 나타나는 것이다.

– 딜고 키엔체 린포체

자비심의 참뜻

― 라마 수리아 다스, 《백사자의 청록색 손》 중에서

1982년 달라이 라마는 프랑스에서 파우어 린포체 X와 저녁식사를 하고 있었다. 두 사람은 이야기를 나누며 최근에 열반한 걀와 카르마파의 환생을 기원했다.

이야기를 나누던 중 파우어 린포체는 마룻바닥을 가로질러 햇빛이 비치는 쪽으로 열심히 기어가고 있는 개미 한 마리를 보았다.

나이가 많아 몸을 움직이기 불편했던 그는 달라이 라마에게 저 작은 생명이 길을 찾아가는 걸 도와줬으면 좋겠다고 부탁했다.

달라이 라마는 흔쾌히 자리에서 일어나 작은 소리로 축복의 말을 하고서 개미를 집어 따뜻한 햇살이 비치는 땅 위에 안전하게 놓아 주었다. 달라이 라마는 환하게 웃으며 자리로 돌아왔다.

"말씀하신 대로 개미를 위해 봉사를 하고 왔습니다. 연로하신데도 시력은 저보다 좋군요. 모든 존재를 똑같이 사랑하는 것이야말로 진정한 보살의 태도이지요."

훗날 프랑스를 다시 방문한 달라이 라마는 자비심과 완전한 봉사 그리고 보편적 책임의 필수요건에 관한 주제로 강의를 하면서 이 이야기를 들려주었다. 그러면서 그는 이렇게 말했다.

"나의 종교는 친절입니다."

낯선 사람이 베푼 친절

- 파멜라 블룸

최근에 사찰 순회를 위해 일본에 갔던 나는 아타미라는 해안 도시의 호텔에 묵었는데, 발코니에서 태평양이 한눈에 보이는 곳이었다. 룸메이트는 일본 태생의 유키코라는 여자였다. 유키코는 아주 조용한 성격이었지만, 내면이 아주 강한 사람이었다. 중병과 싸워 이겨냈다는 그녀의 이야기는 깊은 감동을 주었다. 처음 이틀 동안은 너무 피곤해서 아타미의 전설적인 일출을 보지 못했다. 하지만 그녀와 나는 마지막 날 아침에는 반드시 아름다운 일출을 보자는 약속을 했다.

붉은 빛을 내뿜으며 수평선 너머로 태양이 떠오르기 시작할 때 나는 유키코를 부르며 맨발로 차가운 발코니로 뛰쳐나갔다. 어마어마한 크기를 자랑하는 거대한 불덩이가 환상적인 색채를 자랑하며 빠르게 떠오르고 있었지만, 유키코는 보이지 않았다. 나는 유키코가 이 장면을 놓칠 것만 같아 발을 동동 굴렀다.

'대체 어디를 간 거지?'

시간이 어느 정도 지났을 무렵, 멋쩍은 표정의 유키코가 등 뒤에서 나를 불렀다. 뒤를 돌아보니 그녀의 양손에는 나를 위해 준비한 슬리퍼와 기모노가 들려 있었다. 그 모습을 본 순간 나는 마음이 너무 짠했다. 내가 일출에만 빠져있을 때, 유키코는 나를 위한 선물을 준비하고 있었던 것이다.

공덕 쌓기

- 김재웅 법사, 《닦는 마음 밝은 마음》 중에서

우리가 있는 사찰에서는 소를 많이 키웠다. 소들은 가끔씩 자연유산을 했는데, 그럴 때마다 어떻게 알았는지 순식간에 마을 사람들이 와서 그것을 달라고 했다. 수도승들은 채식을 하기 때문에 고기를 먹지는 않지만, 그렇지 않다 해도 우리 사찰에서 태어난 소들은 우리와 인연이 있는 것이라고 생각하기에 그것들의 고기를 먹는다는 것은 상상조차 할 수 없는 일이었다.

우리는 축복의 말을 건네며 죽은 새끼소들을 사람들에게 내주었다.

"너희들의 살을 사람들에게 먹이고, 커다란 공덕으로 쌓도록 해라."

사람들은 감사한 마음으로 그 고기를 가져갔다. 그런데 소가 자연유산을 해도 아무도 찾아오지 않을 때가 있다. 보통은 어미 배 속에서 새끼가 죽었다는 소문이 돌면, 그 즉시 사람들이 득달같이 몰려들었지만 하루가 지나도 아무도 찾아오지 않는 경우도 있었던 것이다.

그것에 대해 스승님은 이렇게 설명했다. 만약 소가 전생에 공덕을 쌓았다면 사람들은 그 고기를 먹는 것으로 그 소가 또 다른 공덕을 쌓을 수 있도록 도와준다. 하지만 전생에 공덕을 쌓지 않았다면, 사람들은 그 고기를 찾지 않는 것으로 그 소가 공덕을 쌓는 걸 도와주지 않게 된다는 것이었다. 만약 도살된 소가 수천 명의 사람들을 먹였다면, 그 소는 자신의 살을 다른 이들에게 내준 공덕을 쌓은 것이기 때문에 후에 사람으로 환생하게 된다면 곳간에 몇 백, 몇 천의 쌀가마니를 쌓아둔 부자로 태어나게 될 것이었다.

한번은 죽은 새끼소를 찾는 사람이 아무도 없어 결국 그 고기가 상하여 먹을 수 없게 된 적이 있었다. 그러자 스승님은 사체를 묻고 그 위에 과일나무를 심으라고 했다. 죽은 소의 양분을 먹고 자란 그 나무의 과일을 구도자들이 먹게 된다면, 그 소는 공덕을 쌓을 수 있다는 것이라고 했다. 하지만 여름이었던 당시에 마땅한 과일나무를 구할 수도 없었고, 과일나무에 대해 잘 아는 사람도 없었다. 달리 방법이 없었던 우리는 과일나무 대신 버드나무를 심었다. 4년 후, 죽은 소의 양분을 먹고 자란 버드나무는 아주 크고 건실하게 잘 자라났다.

그해 겨울, 나는 그 버드나무에서 얻은 땔감으로 구도자들의 방에 불을 지폈다. 불을 피우며 나는 기도를 드렸다.

"그때 죽은 소가 구도자들을 따뜻하게 해준 공덕으로 해탈한 스승들을 만나 다음 생에서는 깨달음을 얻길 바랍니다. 그래서 사람들에게 봉사하고 더 많은 공덕을 쌓을 수 있기를…."

내 마음 한구석에는 언제나 그 소에 대한 연민이 자리잡고 있었다. 하지만 불을 피우고 기도를 드리면서 무거운 짐을 내려놓는 기분이었다. 스승님이 나에게 자비를 수행할 임무를 주었던 것임을 그제서야 깨달을 수 있었다.

가장 좋은 독려의 방법

- 파멜라 블룸

음악 평론을 하면서 유명한 뮤지션들을 만나 인터뷰하고 콘서트를 관람할 수 있다는 것은 굉장한 행복이었다. 또한 여러 매체에서 내 이름이 달린 글을 보는 것도 짜릿한 일이었다. 로큰롤에 대해서는 거의 아는 바가 없었지만, 전문적인 음악 교육을 통해 쌓은 배경지식과 탄탄한 글솜씨 덕에 나는 많은 매체에 글을 기고하고 있다.

평론가들은 자신에게 부여된 권력에 빠져 중심을 잃는 경우가 많다. 항상 그런 것은 아니지만, 평론가라는 직업을 일종의 수단으로 사용하는 경우도 있다. 온갖 개인적인 생각을 드러낼 수 있는 것은 물론, 남의 눈치 보지 않고 비방까지 할 수 있는 일종의 면허를 가지고 있는 셈이었다. 이런 권력을 오용하지 않으려 나름대로 노력은 했지만, 가끔은 '혹독한' 리뷰들을 써내기도 했다. 그래서 늘 내가 비평을 했던 뮤지션들과는 거리를 두려고 했다.

하루는 어느 유명한 뮤지션이 자신의 최근 작업에 대한 나의 논평을 읽고는 비난하는 글을 출판사로 보냈다. 그런데 출판사가 그의 글을 그대로 대중에 공개를 해버리고 말았다. 그의 비난은 당연하게도 아주 개인적인 내용을 담고 있는 것이었다. 공개적인 모욕을 당했다는 생각에 깊은 상처를 받았다. 그 후로, 나는 점차 일에 흥미를 잃게 되었다. 그동안 내가 평론가라는 권력으로 다른 사람들에게 주었던 고통이 생생하게 와 닿았기 때문이었다. 나는 매일같이 스스로에게 이런 질문을 던졌다. 내 글이 다른 사람들에게 이로울 수는 없는 것일까? 독자들뿐만 아니라 음악가들에게도 이로울 수는 없는 것일까? 그것은 선뜻 대답할 수 없는 어려운 질문이었다.

그러던 어느 날, 아주 특이한 카바레 가수 겸 여배우에 대한 평론을 하게 되었다. 감정이 매우 풍부한 그녀는 엄청난 괴짜였다. 훈련되지 않은 목소리는 제멋대로 갈라졌으며, '정신'이 '제 자리'에 있는 사람 같지도 않았다. 하지만 300자 평을 쓰려고 펜을 들자 어떤 생각이 내 머릿속을 스쳐 갔다. 갑자기 최상의 상태로 노래를 하는 그녀의 모습이 머릿속에 떠올랐던 것이다. 나는 머릿속에 떠오른 그 모습을 바탕으로 글을 쓰기 시작했다. 내가 보았던 기존의 겉모습이 아닌 그녀의 영혼을 이야기했던 것이다.

얼마 후 평이 실린 잡지를 읽은 그녀가 연락을 해왔다. 내 글을 보고 놀랐다며, 지금까지 자신에 대해 그렇게 정확히 짚어준 사람은 없었다고 했다. 스스로가 그리고 있는 가장 이상적인 모습을 내가 정확히 간파했다는 것이었다. 내 글을 읽는 내내 마치 자신의 미래를 그린 청사진을 보는 것 같았다고 했다. 그리고 포기하지 않고 영혼의 성장을 위해 정진할 수 있는 희망을 갖게 되었다고 했다.

이것이 10여 년 전의 일인데, 그녀는 아직까지 활발히 활동을 하고 있다. 지금도 무대에서 공연을 하는 그녀를 볼 때마다 나는 알 수 없는 기분에 빠져들곤 한다. 최근에는 그녀에 관한 기사를 읽으면서 그녀가 이제는 확실히 자신의 이상을 성취했다는 것을 알 수 있었다.

이 글을 쓰면서 80년대 초 걀와 카르마파를 처음 만났을 무렵의 일들이 자꾸 떠올랐다. 그의 가르침 아래 몇 년 동안 좌선 수행을 하고는 있었는데 정말이지 나는 너무 힘들게 따라가고 있었다. 하루는 그에게 면담을 청하고서 체면 따위는 다 버리고 용기를 내 불평을 털어났다. 나는 단도직입적으로 이렇게 말했다.

"좌선 수행이 싫습니다. 너무 힘들어요. 가만히 있질 못하겠어요. 내가 계속 움직이니까 주변 사람들에게도 방해가 됩니다. 수행이 중요하다는 건 잘 알겠지만, 하기가 싫어요. 어떻게 해야 할지 모르겠어요."

그는 드러나지 않은 나의 속마음을 보려는 듯 한참 동안 바라보기만 하고 있었다. 나는 그가 꾸짖을 말을 생각하는 중이거나 내 마음을 돌려놓을 방법을 찾고 있는 것이라고 생각했다. 숨을 한 번 깊게 내쉬더니 그는 천천히 이렇게 말했다.

"제 생각에는, 수행을 꾸준히 계속해나간다면, 십 년이나 십오 년 후에는 좀 더 쉬워질 겁니다."

나는 할 말을 잃고 말았다. 내게 장난을 치고 있는 것만 같았다. 하지만 그는 진심을 담아 그렇게 말한 것이었다. 그의 말이 옳았다. 좌선 수행은 점점 편안해졌다. 그의 말대로 십 년에서 십오 년이 흐르자 아주 편안한 상태가 되었다. 만약 그때 그가 그렇게 말해주지 않았다면, 나는 수행을 계속하지 못했을 것이다. 단정적으로 말하지는 않았지만, 인내하며 지켜내야 할 소중한 비전을 제시해주었던 것이다.

우리는 종종 사람들을 독려하기 위한 방법으로 비판을 선택한다.

하지만 나는 과거의 두 가지 경험을 통해 소중한 비전을 제시하는 것이 훨씬 강한 힘을 발휘한다는 것을 배웠다.

**

보시란
보살이 자비심에 심취했을 때 무의식적으로 일어나는 것이다.
자비심으로 마음을 채우는 것이 아니다.
마음 자체가 자비심이 되는 것이다.
– 최감 트룽파 린포체

분노가 자비심으로 바뀌는 순간

- 바버라 브로드스키

60년대에 나는 대부분의 시간을 인권 운동을 하며 보냈다. 처음 몇 년은 두려움에 떠밀려 활동했기 때문에 자아에 아픈 상처를 남기기도 했다. 패기 넘치고 독선적인 북부 학생이었던 우리는 동네 사람들이 무슨 생각을 하고 무엇을 느끼는지 전혀 모르고 있었으며 알아보려고도 하지 않았다. 그저 우리의 견해와 정당성을 주장하면 그만이었다. 우리는 동네 사람들을 우리 방식대로 변화시키고 싶었다.

인권 운동 초기에는 내 의견과 다른 의견을 가진 사람들을 포용

할 만한 능력이 전혀 없었다. 그들의 의견은 틀린 것이고, 나는 언제나 옳은 사람이었다. 단순한 논리를 가지고 있던 나는 다른 이들의 고통을 공감할 능력도, 그들의 이야기에 귀 기울일 능력도 없었다. 또한 내 자신의 두려움을 이해할 능력도, 내면에 귀 기울일 능력도 역시 없었다.

시간이 흐르면서 수없이 울고 멍들고 아프고 시행착오를 겪어가며 어렵게 많은 것을 배울 수 있었다. 비록 더디기는 했지만, 나는 자비심과 공감의 힘을 배웠다. 무척 많은 일들이 있었지만, 그렇게 변화할 수 있었던 데에는 유치장에서 만났던 어느 중년 여성의 역할이 컸다.

남부 출신의 흑인으로 건강한 체격에 눈빛이 부드럽고 깊었던 그녀는 붉은 장미 그림으로 장식된 검정 드레스에 머리에 꼭 맞는 모자를 쓰고 있었다. 나는 그날 유치장에 들어오게 된 이유 때문에 무척 화가 나 있었다. 평상시에 겪던 일들과 크게 다르지 않은 상황이었지만 나는 유치장 안을 오락가락하며 하며 화를 삭이지 못하고 계속 혼잣말을 중얼거렸다.

한 시간쯤 지났을 때 그녀는 내게 다가와 자리에 앉으라고 권했다.

"아주머니도 화가 나지요?"

내가 그렇게 묻자 그녀는 이렇게 대답했다.

"물론이지. 하지만 아가씨, 나는 저들도 똑같이 사랑한단다. 저 사람들도 지금 많이 두려워하고 있거든."

나는 알 수 없는 기분에 휩싸여 울음을 터뜨렸다. 그런 나를 그녀는 부드럽게 안아주었다. 그녀는 분노와 자비가 서로 배타적인 것이 아니라는 사실을 아주 쉬운 말로 가르쳐주었다. 그제야 비로소 나를 둘러싸고 벌어지고 있던 일들을 제대로 볼 수 있게 되었다. 이름도 물어보지 못한 그녀를 만난 후로 사랑의 힘을 배우기 시작했다.

참된 스승을 만나는 복

- 실비아 소머빌

제춘마 아퀸 노르부 라모는 이탈리아계 미국인으로 1987년 환생불로 인
정받아 그 다음 해에 정식으로 닝마파의 법사로 즉위한 나의 스승이다.
나와 함께 수행을 해오던 친구가 속세의 삶을 마감하던 때 스승이 그에
게 보인 사랑은 지금까지도 내 기억 속에 생생하게 남아있다. 그 일을 통
해 나는 죽음에 대한 소중한 가르침을 얻었으며, 내 스승님의 자비로운
본성을 엿볼 수 있었다.

친구가 아직 의식이 있을 때, 스승님은 스무 명이 넘는 제자들을 친
구가 누워 있는 침상 곁으로 모두 모이도록 했다. 시간이 얼마 남지
않았다는 것을 알고 있던 스승님은 우리에게 친구를 위해 기도하자
고 했다. 모임을 만든 지 거의 20년이 되었지만, 우리 중 누군가의
죽음을 맞은 것은 그때가 처음이었다. 물론 스승님은 이런 죽음의
순간을 수없이 지켜보았을 것이다.

끔찍한 고통과 두려움에 휩싸인 채 친구는 천천히 자신의 출구를
마련하고 있었다. 그의 곁에는 두 아들이 간호를 하고 있었다. 아들

들과 함께 있다는 것에 안도감을 느끼고 있긴 했지만, 친구는 스승님에게 온정신을 집중하고 있었다. 스승님이 편안하게 출구로 이끌어줄 것임을 그는 분명히 알고 있었던 것이다. 몇 년 전, 그 친구는 스스로 사찰을 떠난 적이 있었다. 하지만 암이라는 진단을 받은 후 수행을 위해 다시 사찰로 돌아왔다. 제춘마는 방황 끝에 집으로 돌아온 아들을 맞이하는 이야기 속의 아버지처럼 두 팔을 벌려 그를 맞이했다.

이제 임종을 맞이하기 위해 누워 있는 그는 스승님이 마지막까지 자신과 함께할 것이라고 굳게 믿고 있었다. 실제로도 스승님은 꼬박 서른여섯 시간 동안 단 한 번도 친구의 곁을 떠나지 않았다.

마치 하나뿐인 소중한 아들을 돌보듯 그의 곁을 지키는 스승님에게서 내가 이제껏 경험하지 못한 힘이 느껴졌다. 그것은 강력하게 집중되어 흔들림이 없으며, 동시에 천둥소리처럼 강하면서 멀리까지 울림을 전하는 그런 힘이었다. 스승님은 친구의 아주 미세한 육체적, 정신적 변화까지도 알아차리고 수시로 친구를 다독이고, 안심시켰다. 그리고 밀려오는 고통을 잊을 수 있도록 계속 말을 건네고, 어떻게 해야 좀 더 편안한지를 물어보며 주기적으로 머리를 쓰다듬어주었다.

친구가 숨을 거두기 직전에 스승님은 우리를 부르더니 그의 머리에 있는 소천문을 만져보도록 했다. 나는 그것이 그만큼이나 열려 있다는 것에 놀랄 수밖에 없었다. 그의 소천문은 마치 갓난아기의 그것처럼 부드러웠고, 아주 미세하게 들썩거리고 있었다. 우리는 무릎을 꿇고, 그의 의식이 안전히 다른 곳으로 옮겨갈 수 있게 해달라고 기도했다. 스승님도 우리 곁에서 친구의 평안한 죽음을 위해 헌신적으로 기도했다. 그날 이후로 나는 참된 스승을 만난다는 것이 얼마나 소중한 것인지 깨달을 수 있었다.

*
**

임종을 앞둔 사람이 편안한 죽음을 맞이하도록 돕는 것보다
더 위대한 자비는 없다.

– 소걀 린포체

히말라야 오지 사람들이 베푼 사랑

– 카르마 레크셰 초모

나는 지구상에서 가장 가난한 사람들이 보여준 자비에 대해 소개하려 한다. 그것은 내 기억 속에 남아있는 가장 감동적인 자비로운 행위 중의 하나이다.

인도 히말라야 산맥을 오르다 보면 사람의 발길이 닿기 힘든 곳에 라다크의 잔스카르 계곡이 나타난다. 고도가 높아 일 년 중 아홉 달이 눈으로 덮여 있는 이곳은 토양이 나빠 아주 힘겹게 생계를 이어나가고 있지만, 사람들은 최선을 다해 남에게 베풀며 살기 위해 노력한다. 나는 종종 이곳 여성들에게 교육을 제공하기 위해 방문하곤 한다.

잔스카르 사람들은 민족적으로는 티베트인에 속하지만, 격변의 역사를 겪고 지금은 북인도의 분쟁지역인 무슬림 영역에서 살고 있다. 그곳에서 자신들의 민족성과 고유의 문화를 지키기 위해 싸우고 있다. 제대로 된 교육시설이나 의료 서비스는 물론 먹을거리조차 충분하지 않은 그들이 유일하게 의지하는 것이라곤 윗대로부터 이어온 불교와 달라이 라마에 대한 사랑과 헌신뿐이다.

눈이 녹기 시작한 어느 여름날, 잔스카르인 비구니 친구와 함께 이곳을 찾았다. 눈 덮인 산길을 내려가던 중 우리는 어느 집에 들르게 되었다. 그 집에는 얼마 전 눈사태로 남편을 잃은 여인과 그의 자식들이 살고 있었는데, 아이들은 모두 다 살인적인 추위 속에서도 겨우 셔츠 한 장씩만 입고 있었다. 음식 저장고는 이미 오래전에 텅텅 비었지만, 여자는 연기 가득한 진흙 바닥 주방에서 버터차를 끊임없이 끓여 내왔다. 그리고 그때마다 때 묻지 않은 함박웃음을 지으며, 더 필요한 것은 없는지 살펴보곤 했다.

자신보다 가족과 친구들을 위하는 마음이 그 가족의 유일한 재산이었다. 그 사랑은 무척이나 커 보였다. 얼굴에서 떠나지 않는 미소는 그들이 늘 준비하고 있는 선물이었다. 그와 같은 극빈의 상황에서도 다른 사람에게 아낌없이 베풀 수 있었던 것은 순수한 사랑이 있었기 때문이 아닐까 생각한다.

**

말할 가치가 있는 유일한 평화는 세계평화이다.

– 달라이 라마

고마운 행인

- 파멜라 블룸

뉴욕에 살고 있지만 나는 거리에서 사람들과 마주치는 것을 싫어한다. 원고 마감에 쫓기던 어느 날이었다. 그날 나는 해외 출장 준비와 병원 예약도 해야 했고, 늦지 않게 담당 회계사를 만나 세금 문제도 처리해야만 했다. 아침에 커피숍에서 간단히 배를 채우고 서둘러 빠져나왔다. 반 블록 정도 지나고 있을 때 반대편으로 걸어왔다는 사실을 깨닫고 급히 돌아섰다. 그런데 그때 바로 내 뒤를 따라오던 행인과 부딪치게 되었다.

거의 느끼지도 못할 만큼 아주 살짝 부딪쳤다고 생각했지만, 그 남자는 소리를 치며 불같이 화를 냈다.

"지금 제정신이오? 커피숍을 나올 때부터 정신을 놓고 있는 것 같더니, 사람이 있는지 없는지 좀 보고 다녀요!"

남자의 목소리는 나를 조롱하는 것 같았다. 어떤 이유에서인지는 모르지만 남자는 커피숍에서부터 내 뒤를 바짝 쫓아오고 있었던 것이다.

너무 화가 난 나는 반사적으로 이렇게 대꾸했다.

"이봐요! 제 뒤에 그렇게 바짝 쫓아오지만 않았어도 부딪치지 않았을 거 아니에요."

사실 욕설은 아니었지만 그 남자의 화를 돋울 만한 말을 살짝 섞어 했던 것 같다. 그러자 그는 한 번도 들어보지 못한 욕설들을 마구 쏟아내는 것이었다. 금방이라도 숨이 넘어갈 것처럼 화를 내는 그 남자를 보고 있는데, 갑자기 전에 배웠던 자비에 관한 가르침이 떠올랐다. 그러고는 내 안에서 뭔가가 빠르게 바뀌는 것을 느낄 수 있었다.

짧은 순간에 어쩌면 그 남자가 나만큼 어떤 고통을 받고 있는 것이라는 생각이 들었던 것이다. 그의 하루는 물론 나의 하루도 망치고 싶지 않았던 나는 최대한 예의를 갖춰 크게 말했다.

"죄송합니다."

그 말을 듣자 남자는 돌아서 걸어가기 시작했다. 나는 그의 등에 대고 소리치며 뒤따라갔다.

"제가 조심을…."

사실은 그때까지만 해도 어떻게 해야 할지 알 수는 없었다. 하지만 그를 따라잡은 나는 아주 부드럽지만 강하게 그의 팔을 잡고 그와 눈이 마주칠 때까지 기다렸다. 그리고 아주아주 천천히 진심을 담아 말했다.

"미안합니다. 정말 미안합니다."

그는 아무 말이 없었다. 자신이 화를 냈을 때 이런 반응을 보인 사람은 처음 본다는 듯 어리둥절한 표정이었다. 나 역시 낯선 사람에게 이렇게 다가갔던 적은 없었다. 잠시 시간이 멈춘 것만 같았다. 그 짧은 순간에 우리는 비로소 서로를 온전한 인간으로 바라보고 있다는 생각이 들었다. 마침내 그가 더듬거리며 말했다.

"어… 저… 그러니까 잠시 정신이 없었나 보군요."

그렇게 말하고는 빠른 걸음으로 그 자리를 떠났다.

가로등 불빛 속으로 사라져가는 남자의 뒷모습을 바라보며 나는 나의 마음이 꽉 차오르는 것을 느낄 수 있었다. 그걸 감히 사랑이라고 말할 수 있을까? 적어도 깊은 감사의 마음이었다고 말할 수는 있을 것 같다. 그 남자는 내 마음속에 맴돌고 있던 혼란스러움을 가라앉혀주었다. 의식하지 못하고 있을 때조차도 고통이 어떻게 찾아올 수 있는지를 보여준 것이었다. 그는 오랜 시간 스스로를 가두어온 내 한계를 뛰어넘도록 다독여준 고마운 행인이었다.

**
*

스스로 마음을 변화시키지 않는다면
늘 자신을 해칠 수 있는 적을 만들고 있는 것과 같다.

– 라마 투브텐 조파 린포체

라싸 강의 기적

- 타라브 툴쿠 11세

라싸 근처의 농장에서 태어난 나는 한 살 무렵에 환생한 라마승으로 인정받아 티베트 남동쪽에 있는 콩포의 타시 라브텐 사찰에서 살게 되었다. 그 지역의 라마승은 오랫동안 정신적 지도자로 대우받고 있었으며, 무척이나 넓은 사찰 한 곳과 사유지를 소유하고 있었다. 라싸에 있는 드레풍 불교대학에 입학할 때, 라마의 한 사람으로서 나는 모든 승려들에게 공양을 드리고 스승님과 주지승 그리고 대학의 직원들에게 특별한 것을 베풀어야 한다는 어떤 의무감을 느끼고 있었다.

불교학을 배우기 위해 라싸로 떠날 때, 함께 이동할 일행이 무척이나 많았다. 우리 사찰과 지역은 물론 인근 지역에서 온 대리인들도 있었다. 게다가 만 명분의 티베트 차를 포함한 공물을 운반하고 있는 약 40마리의 노새도 있었다. 노새와 말, 사람들로 이루어진 어마어마한 규모의 우리 일행은 약 3주 동안 험난한 여정을 겪어야 했다. 물론 지금은 자동차를 이용하기 때문에 라싸까지 약 네 시간밖에 걸리지 않는다.

라싸로 출발한 지 3일이 지났을 때 무리는 라싸 강변에 도착했다. 나중에 중국인들이 라싸 강 위에 다리를 짓긴 했지만, 당시에는 아무것도 없었다. 그때는 티베트 달력으로 1941년 9월경으로 늦가을에서 초겨울 사이였다. 강물은 이미 여기저기 얼어붙기 시작했고 얼음 조각이 둥둥 떠다니고 있었다. 강둑 위에 서서 강을 살펴보던 우리 일행은 당황하기 시작했다. 바로 강을 건너지 못한다면 해가 지기 전에 말과 노새들을 먹일 초원에 도달하지 못할 것이기 때문이었다. 하지만 얼음이 다 떠내려갈 때까지 무작정 기다릴 수도 없는 상황이었다.

얼음 조각들은 상당히 크고 두께는 거의 1미터가 되는 것 같았다. 달리 방법을 찾지 못하고 있자, 수행자들과 스승님은 내게 물었다.

"라마인 네가 우리가 강을 건너기 위해 무엇을 해야 하는지 알려다오."

"그냥 건너가면 안 되는 건가요?"

그들은 얼음이 너무 크고 물살이 굉장히 세서 말과 노새가 물속에 들어가면 얼음에 부딪혀 다리가 부러지고 말 것이라고 설명해줬다. 그 상태로 안전하게 강을 건널 수 있는 방법은 없었다. 하지만 강을 건너지 못한다는 것은 말과 노새들이 적어도 꼬박 하룻밤은 굶어야 한다는 것을 의미했다.

그 이야기를 듣고 나는 동물들을 위해 기도했다. 그러자 마음속에 커다란 사랑과 자비심이 솟구쳐 올랐다. 내가 기도를 하는 동안 다른 사람들은 강둑 위에서 강물과 얼음을 바라보고 서 있었다. 오 분이 채 지나지 않았을 때, 믿을 수 없는 일이 벌어졌다. 우리가 건너야 하는 지점에 있던 얼음이 없어지고 있었던 것이다. 그리고 마치 누군가가 잡고 있는 듯이 세찬 물살에도 거대한 얼음 조각들은 흐르지 않고 뒤쪽으로 쌓여 가고 있었다. 우리는 즉시 말과 노새들을 데리고 강을 건넜다. 마지막 한 마리가 반대편 강둑에 오르자마자 쌓여 있던 얼음 조각들이 다시 빠르게 강물을 따라 흘러내려갔다.

우리는 모두 충격에 싸여 할 말을 잃었다. 그 순간 나는 너무 기뻤다. 가축과 사람들이 안전하게 강을 건넌 것에 대한 안도감도 있

었지만, 나 개인적으로도 자비와 믿음, 기도가 하나가 되는 순간을
경험했기 때문이다.

*
**

누군가에게 베푸는 자애는 다른 사람들,
심지어 당신을 괴롭게 하는 사람에게까지
감사하는 마음을 갖게 하는 황금열쇠이다.

― 페마 최드뢴

성숙한 사랑

– 라마 초에닥 유톡

20년 전, 테레사 밀튼을 만날 무렵부터 이반은 이미 승려가 되겠다는 소망을 품고 있었다. 물론 테레사도 그런 이반의 마음을 잘 알고 있었지만 당시에는 서로 너무 사랑하고 있었기 때문에 결혼을 결심했고 이반은 승려가 되는 꿈을 미루기로 했다. 호주의 멜버른에서 심리치료사로 일하던 두 사람은 지속적으로 불교에 대해 관심을 가지고 있었으므로 불교 승려들과 자주 만날 수 있었다.

4년 전에 그 두 사람을 처음 만났을 때, 세상 사람들을 향한 그들의 동정심에 놀랐다. 속세의 인간으로서 물질적 필요를 무시할 수는 없었지만, 두 사람은 영적인 욕구에도 귀를 기울여야 한다는 것을 알고 있었다. 결혼 생활과 심리치료사라는 직업 모두 내적인 성장에 도움이 되는 양분인 것은 분명했지만, 이반은 여전히 승려가 되고 싶은 바람을 버리지 못하고 있었다.

테레사는 이반의 오랜 소망을 진심으로 지지했다. 이반이 승려가 된다 해도 자신이 버림받은 것은 아니며, 출가에 동의한 전 부인으로서 남은 생을 행복하게 살 수 있을 것이라고 생각했다. 이반을 향한 테레사의 사랑은 소유욕과는 전혀 다른 것이었다. 오히려 이반이 가장 행복해 할 수 있는 일을 이룰 수 있도록 도와주는 것으로 자애심을 더욱 키워나갈 수 있었다. 서로를 떠나보내기로 한 결정은 두 사람의 마르지 않는 배려심의 결실인 것이다. 그리고 그 배려심은 수년 전에 이반이 테레사와 결혼을 결심하게 된 이유이기도 했다. 서로에게 보여준 그들의 헌신은 특별한 사랑의 모습으로 가까이 있는 모든 사람들을 감동시켰다.

멜버른 아티샤 센터에서 나와 상의를 한 후, 이반은 일 년 후에 초기에 트리첸 린포체로부터 승계를 받았다. 같은 주에 테레사 역시 조파 린포체 라마승과 함께 순결을 지키겠다는 맹세를 올렸다.

수계를 위해 네팔로 떠나기 전 이반과 테레사는 멜버른 공항에서 만나 감동적인 의식을 올렸다. 테레사는 메일을 통해 당시의 상황을 이렇게 설명했다.

"우리는 공항 출국장 바로 앞에서 아주 짧게 의식을 올렸어요. 결혼반지를 빼서 서로에게 돌려주었지요. 그리고 반지를 작은 보석함에 넣었어요. 결혼식 때 모습 그대로였지요. 반지는 좋은 일에 쓰일 수 있도록 공물로 바치기로 했어요. 슬프면서도 형언할 수 없는 기쁨에 싸인 우리는 함께 울었어요. 말로는 설명하기 힘든 오묘한 그런 감정이었지요. 그 작별 의식이 결혼식보다 더 많은 것을 남긴 것 같아요."

속세에서 맺은 부부의 연을 끝냈지만 영혼으로 다시 맺어진 두 사람은 기쁨의 눈물을 흘렸던 것이다.

헤어지기 전에 이반은 테레사에게 카드 한 장을 건넸다.

"우리가 함께 찾은 것들과 서로를 통해 발견한 것들을 모든 사람들과 공유하겠다는 것이 이제 우리의 소망이 된 거요. 이 숭고한 시작은 당신과 나를 넘어 우리가 만나는 모든 사람들의 마음에까지 전해지겠지. 그 사람들은 우리의 사랑에 공감할 거요."

초계 트리첸 린포체는 네팔에서 수계식을 마친 이반에게 결혼반지는 녹여서 제단 장식이나 탕화를 만드는 데에 쓰일 것이라고 알려주었다. 결혼반지가 신성한 제단 장식에 쓰이는 경우가 과연 얼마나 될까? 작별 의식을 치르면서 그들이 흘린 눈물은 슬픔이나 상실감 때문이 아니었다. 그것은 더욱 많은 친구들과 공유하게 된 기쁨과 행복의 눈물이었다.

수계식을 치른 사람들 중에는 슬픔과 거부감으로 힘들어하는 경우도 있지만, 이반의 경우에는 아내인 테레사가 오히려 순결 맹세를 올리며 삶의 변화를 완전하게 이끌어낼 수 있었다. 그로 인해 친구들도 그들의 뜻을 기뻐하며 받아들일 수 있었던 것이다. 행복은 상대방을 있는 그대로 받아들이고 관계가 성숙했을 때에 얻어지는 것임을 그 두 사람은 명확히 알고 있었던 것이다.

건강한 식사법

– 니나 마쳐

나는 사회적으로 인정을 받으며 개인적으로도 아주 만족스러운 삶을 보내고 있었지만 과로로 인해 상당히 지쳐 있었다. 하루는 중국인 침술사에게 치료를 받으러 갔다. 진료를 마친 그는 매주 경과를 점검해보자고 말하며 치료를 하는 동안에는 연어를 먹어보라고 권했다. 거의 이십 년 동안 채식을 하고 있던 나는 그의 말을 그냥 흘려들었다.

치료를 받는 일 년 동안 침술사는 연어를 먹어야 회복이 더 빠르다고 거듭해서 강조했다. 더 이상 그 말을 그냥 흘려들을 수 없었던 것은, 침술이 도움이 되긴 했지만 몸이 쉽사리 회복되지 않기 때문이었다. 결국 나는 연어를 사 집으로 가져왔다. 하지만 연어는 냉장고에서 그대로 썩어버렸다.

그런 일이 몇 달 동안 반복되었고, 침술사의 압박은 더욱 심해져 갔다. 이번에는 요리를 하는 데까지 가긴 했지만, 결국 먹는 것에는 실패하고 집 밖에 있는 동물들에게 주고 말았다. 내 몸 전체가 "안 돼!"라고 외쳤기 때문이었다. 한때 살아있던 것을 식탁에서 마주하면, 그것들이 스스로 생명을 내준 것이 아니라 빼앗긴 것이라는 생각 때문에 나는 윤리적, 도덕적인 갈등에 빠지고 말았다. 다른 존재의 희생을 통해 치유하고 싶지는 않았지만, 나는 간절히 낫고 싶었다. 점점 더 나빠지는 몸 상태에 굴복하여 결국은 다시 연어를 요리했다.

마침내 처음으로 연어를 한 입 베어 물었을 때, 내 심장은 완전히 산산조각 나는 것만 같았다. 어떻게 나는 이 모순된 진실을 받아들여야 하는 걸까? 그런데 놀랍게도 씹는 동안 연어와 아주 가까워지고 있는 것 같은 느낌이 들었다. 그러고는 연어가 베푸는 희생에 대한 감사의 마음이 점점 더 크게 느껴지기 시작했다.

연어를 먹기 시작하자 침술사는 그 다음으로 닭고기를, 그리고는 다양한 육류를 권했다. 어느 주말에 명상 수행을 마치고 나는 다른 사람들과 휴식을 취하고 있었다. 그리고 식사 시간이 되었을 때, 내 앞에 놓인 고기 접시를 보고 눈물을 흘렸다. 나를 살리기 위해 자신의 생명을 내준 이 짐승과 올바른 관계를 맺는 방법을 알 수 없었기 때문이었다.

하지만 접시에 놓인 그것이 나를 위해 자기의 생명을 내준 것임을 깨닫는 순간, 가슴속 깊은 곳에서 한없는 감사의 마음이 일어났다. 그렇게 그 존재와 가까워지자 다른 모든 존재가 주는 선물도 받아들일 수 있게 되었다. 남을 위해 희생할 수 있어야 한다는 생각을 가지니, 자신을 희생한 그 존재와 신성한 관계를 맺을 수 있게 되던 것이다. 그렇게 나의 몸과 영혼은 함께 치유되기 시작하였다.

**

불교에서는 현생에서 행하는 모든 일은 후생에서의 운을 결정하고 영향을 끼치는, 업보의 씨앗을 뿌리는 일이라고 믿는다. 만약 지금 하는 모든 일들이 미래를 준비하는 것임을 안다면 우리는 모두 행복할 것이다. 우리는 선한 일을 통해 자신과 다른 사람들에게 좋은 영향을 끼칠수 있다. 만약 모든 중생의 행복을 위해 매순간 이타적으로 행동하려 노력한다면, 매순간 새로운 삶이 찾아올 것이다. ― 성 옌 법사

영혼이 즐거워지는 음악

– 아르멘 도넬리안

나는 재즈피아니스트로서 명상 수행을 하기 전까지는 내 마음속의 아집我執에 근거해 연주를 했다. 자존감과 자신감이 부족했던 나는 무조건 경쟁에서 이기려 했고, 세상 사람들의 주목을 받아 명성과 최고의 자리를 얻는 데에만 집착했다. 하지만 음악 작업을 계속하면서 만나는 사람들마다 나를 그러한 집착에서 벗어나도록 이끌어 주었다.

수피교의 신실한 신자였던 색소폰 연주자 빌리 하퍼는 특히 나에게 많은 영향을 끼쳤다. 그는 자신의 훌륭한 음악적 감각과 영적 수행을 멋지게 접목시킬 수 있는 사람이었다. 나는 그가 이끄는 밴드와 거의 4년 동안 연주 활동을 했는데, 이때가 내 인생에 있어 최고의 격변의 시기였다. 나는 결혼도 하고 처음으로 내 집을 장만하기도 했지만, 아버지를 여의고 손을 움직일 수 없을 만큼 심각한 사고를 당했으며 또 이혼까지 했다. 이 모든 일들이 2~3년 안에 일어났다.

강한 분노와 엄청난 슬픔으로 점철되었던 암울한 시기였지만, 나는 3~4년 동안 요가 수행을 하며 그 시기를 딛고 일어설 수 있었다. 무척 힘든 시간을 보냈기 때문이었는지, 수행 도중에 내 안에 완고하게 자리 잡고 있던 무언가가 떨어져 나가는 것 같은 경험을 했다. 이후로 나는 완전히 다른 시각으로 음악을 연주하게 되었다.

얼마 후 뉴저지로 이사를 갔고, 그곳에서 어느 명상회에 가입했다. 명상회는 수행도 하고 비슷한 관심사를 가진 친구들도 만날 수 있었으며 새로운 활동을 할 수 있는 좋은 기회였다.

명상을 하면서 분노와 좌절과 슬픔은 그저 스쳐가는 마음의 상태일 뿐이라는 것을 깨달을 수 있었다. 그리고 자비심은 나를 위하는 마음에서부터 시작된다는 사실 또한 알게 되었다. 자신에게 자비심을 느끼는 것이 힘들다면, 먼저 다른 사람들을 향해 자비심을 갖는 연습을 하면 도움이 된다. 비록 시간이 오래 걸릴지라도 나는 수행에 정진할 것이다. 나는 지금도 그 과정에 있다.

명상 수행을 한 이후로 나의 음악에도 변화가 생겼다. 그동안은 어둡고 난해하며 불협화음을 내는 음울한 음악을 만들었지만, 명상을 수행한 이후로는 밝고 조화로운 음악을 만들게 되었다. 나는 나와 친구들, 음반계의 특정한 청중뿐만 아니라 모든 사람들이 즐길 수 있는 음악을 연주하고 싶었다. 아는 사람만 즐길 수 있는 음악이라면, 나는 내가 가진 능력을 제대로 발휘하지 못하고 있는 것이었다.

내 솔로 음반은 완전히 즉흥적으로 완성되었다. 보름달이 높게 뜬 어느 날 밤, 나는 녹음 장비를 켜고 한 곡 한 곡 연주해나갔다. 예전이라면 이런 식으로 작업을 한다는 것은 상상도 할 수 없는 일이었다. 나는 완전히 다른 사람이 되어 연주하고 있었다. 그것은 깊은 내면에 잠들어 있던 또 다른 내가 깨어나 연주하는 음악이었다.

**

일반적으로 우리는 어떤 행동을 할 때, 그것이 예술적인 것이든 그렇지 않든 간에 선의에 따라 결과가 달라진다고 생각한다.

그러므로 음악을 포함한 모든 예술 활동에서 창작자가 자신의 자아를 강화시키려는 목적만으로 움직인다면, 그것이 비록 예술가의 내면의 고통을 해소하고 부와 명성, 세인의 관심을 가져다준다 하더라도 좋은 작품이라고 할 수 없다. 하지만 자신은 잊고, 오로지 다른 이들에게 행복과 영감, 에너지를 주고 번뇌와 구속으로부터 자유로워지는 것을 소망하는 마음을 품고 있다면, 그의 작품은 분명히 빛을 발할 것이다.

- 룽그리 남걀

마음으로 하는 봉사

– 마샤 울프

달라이 라마의 전 주치의였던 예치 돈덴 박사는 세계적으로 유명한 티베트 의사들 중의 한 사람이다. 미국에서 처음 만난 그는 일 년 반 동안 메사추세츠에 있는 내 개인 의원을 비롯한 여러 병원을 돌아다니며 진료 활동을 했다. 그의 뛰어난 의술에 감탄한 나는 나중에 인도를 방문해달라는 박사의 초대를 흔쾌히 받아들였다.

1983년 봄, 서른여섯 시간의 길고 긴 여행 끝에 인도에 도착한 나에게 그는 바로 다음 날 봄베이로 떠나자고 했다. 인도에서도 명성이 자자한 그의 방문이 알려지면 한 번에 수백 명의 환자들이 몰려들곤 했는데, 그 당시에도 2주 동안에 1,096명의 환자를 진찰해야 했다. 나는 진료 접수를 도왔는데, 환자들은 한순간에 건물을 꽉 채우고도 남을 만큼 불어났다.

그러던 어느 날, 다급하게 진료실 문을 두드리는 소리가 들렸다. 문밖에는 망연자실한 표정의 한 남자가 창백하고 야윈 여자 아이를 안고 서 있었다. 남자의 두 눈에는 눈물이 가득 고여 있었고, 백혈병에 걸린 딸을 위해 며칠 동안을 걸어 찾아왔다고 했다. 진료 예약이 이미 끝났다는 안내는 받았지만 포기할 수 없어 직접 찾아왔다는 것이었다.

"우리 아이를 좀 봐주실 수 없나요?"

애원하는 그 남자에게 어떤 말을 해야 할지 난감했다. 병원은 예약 없이 찾아와 기다리는 환자들로 이미 포화상태였고 진료실 안에서도 계속 2, 3명의 환자들이 줄곧 대기하고 있었으므로 어찌 해볼도리가 없는 상태였다.

"정말 죄송합니다. 이미 예정했던 환자의 열 배가 넘는 분들을 진료하고 있어요. 한 자리를 더 마련해드리는 건 힘들 것 같아요."

하지만 진료에 정신이 없던 돈덴 박사가 우리의 대화를 들었는지 남자를 들여보내라며 손짓을 했다. 나는 당황했지만 그를 진료실로 안내했고, 박사는 아이의 진찰까지 마치고서야 자리에서 일어났다.

하루 일과가 끝날 무렵 한 사람이 찾아와 돈덴 박사와 일행을 저녁식사에 초대하고 싶다고 했다. 이곳 사람들은 박사를 집에 초대하는 일을 영광이자 축복으로 생각하기 때문에 인도에 방문할 때마다 종종 있는 일이라고 했다. 돈덴 박사는 기꺼이 승락했고, 우리 일행은 그 사람의 집으로 찾아갔다. 그런데 그 집에 도착해보니 열세 명의 환자들이 거실에서 박사를 기다리고 있었던 것이다. 나는 충격을 받을 수밖에 없었다. 더욱이 박사는 그날 단 한순간도 쉬지 못하고 진료를 하고 난 후였으므로, 나는 너무 화가 나서 우리를 초대한 사람에게 따지고 들었다.

"어떻게 이러실 수 있죠? 하루 종일 쉴 틈 없이 일한 선생님을 저녁식사에 초대해서 또 환자들을 보게 합니까?"

나는 그 자리를 피해 밖으로 나가 울음을 터뜨렸다. 하지만 나를 뒤따라 나온 돈덴 박사는 단호하게 말했다.

"사람들에게 그렇게 화를 내면 어떻게 합니까? 그러면 안 됩니다. 의사에게는 환자들이 원한다면 언제든 그들을 도와야 할 의무가 있는 것입니다."

그렇게 말하고는 자신을 기다리고 있는 사람들에게로 돌아갔다. 나도 곧 마음을 추스르고 박사의 뒤를 따랐다. 그렇게 우리는 환자들을 모두 진료한 후에야 저녁식사를 할 수 있었다. 미국에서 이미 수백 명의 환자들을 진료하는 모습을 지켜보긴 했지만 인도에서 본 것과는 비교도 안 되는 일이었다.

돈덴 박사를 지켜보면서 나는 좋은 의사의 필수요건인 사랑과 자비심의 의미를 다시 한 번 정의하고 이해하는 시간을 가질 수 있었다. 그동안 봉사자로 일하며 더 많은 도움을 주기 위해 노력했다고 생각했지만, 진정한 봉사의 의미를 새삼 깨닫게 되었던 것이다.

**
*

모든 중생을 참으로
내 몸같이 생각하고 봉사하는 태도는
깊은 감동을 주는 개인적인 체험이다.
이것이 삶을 바꾸는 자세이자 행복의 근원이다.

– *제춘마 아퀸 노르부 라모*

선입견이 가장 큰 적이다

– 달렌 코언

참선 수행 7년째 되는 해에 류머티즘 관절염이라는 진단을 받게 되었다. 그러고는 몇 달 만에 손과 발, 엉덩이, 다리를 전혀 움직일 수 없게 되어 침대에서 꼼짝달싹할 수 없는 지경이 되었다. 다행히도 참선 수행원에서 지내며 그곳 사람들의 보살핌을 받을 수 있었지만, 어릴 때부터 나는 남자들을 심하게 경계했다.

어린 시절에 툭하면 화를 내는 아버지와 무조건 순종하는 어머니를 보고 자란 탓에 나는 절대 결혼을 하지 않겠다고 다짐을 하곤 했었다. 나를 해칠지도 모르는 사람에게 의지하게 될 상황은 절대 만들지 않겠다는 것이었다. 가끔 남자들에게 마음이 끌릴 때마다 내 안에 숨어 있는 성적 욕구를 혐오스럽게 여기며 남자들은 나를 욕정의 대상으로 보고 있을 뿐이라고 단정짓곤 했었다.

내가 병상에 눕게 되었을 때, 다른 수련생들과 함께 살고 있던 기숙사에 제일 먼저 찾아온 사람은 어느 남자 선승이었다.

"그냥 지나던 길에 들러봤어요."

그러면서 그는 자기가 사온 시리얼을 그릇에 부어 내게 주었다. 그 후로는 찾아올 때마다 찬장을 확인한 후 가게로 가서 내게 필요한 음식을 사왔다.

병이 깊어져 자포자기한 상태로 침대에 누워 있던 어느 날 그는 요양할 만한 장소로 나를 데려가겠다고 했다. 처음에는 거절했지만 그는 아랑곳하지 않고 옷가지를 챙기더니 차에 태워서 바닷가에 있는 자신의 친구 집으로 데려갔다. 현관과 거실에서 넘실대는 파도와 잘 가꿔진 푸른 정원을 내려다볼 수 있는 곳이었다. 그곳에서 2주 동안 머물면서 나는 삶의 여러 가지 문제들에 대해 다시 생각해볼 시간을 가질 수 있었다.

그 후 어느 정도 시간이 흘러 다시 걸을 수 있게 되었을 때, 동생과 아버지가 나를 찾아왔다. 아버지에게 약점을 보이기 싫었던 나는 병에 대해서는 전혀 말하지 않고 있었다. 아버지는 나를 보자마자 햇살이 좋고 따뜻한 해변이 있는 아카풀코에 가서 몸을 추스르자고 했다. 아버지는 나를 안락의자에서 일으켜 수영장 사다리를 오르내릴 수 있도록 도와주기도 했다. 그렇게 몸은 물론 마음의 치유가 시작되었다.

오랜 기간의 치료를 끝내고 나는 다시 일을 시작할 수 있었고, 남자들을 더 이상 예전처럼 보지 않게 되었다. 이렇게 말하는 건 참 우습지만, 나는 그제야 남자들을 여자와 똑같은 인간으로 보게 되었다. 나는 처음으로 남자들에게도 배려와 친절, 자애심이 있다는 것을 깨달았다. 그리고 머릿속에 명확하게 구분해두었던 성性에 대한 고정관념이 깨졌다. 성적인 구분이 아니라 사람을 있는 그대로의 모습으로 볼 수 있게 된 것이다.

악한 본성을 다스리는 힘

― 다이앤 마틴

심리치료사이자 원목으로 활동 중인 나는 그동안 많은 사람들을 치료해왔다. 한때는 에이즈에 걸린 사람도 담당한 적이 있었으며, 지금은 유죄 판결을 받은 중범죄자들을 돌보고 있다. 이들은 주로 다른 심리치료사들이 포기한 후에 마지막으로 나에게 보내졌는데, 나는 이들 내면에 잠재해 있는 범죄성을 치료하는 일을 하고 있다. 나에게 오는 죄수들은 주로 아내를 때리고 아동 성폭행을 저지른 가정 폭력범으로, 과거의 나였다면 절대 함께하지 않았을 사람들이다. 최근에서야 내가 이런 환자들을 다룰 만큼 성숙해졌다는 것을

164

느끼고 있다.

죄수들을 치료하는 것은 죽어가는 사람을 돌보거나 상심에 빠진 가족을 위로하는 것과는 달리 일대일 승부처럼 마치 악의 기운을 위압하는 일과 같다. 충분히 강하지 않았던 젊은 시절이었다면 그들에게 '제압당할' 수도 있었을 것이다.

내가 담당했던 죄수 중에는 가석방되어 나에게 치료를 받던 중 첫 번째 아내에 대한 접근 금지 명령을 선고받고 두 번째 아내의 돈을 훔치고 폭행한 사람이 있었다. 이 사건으로 인해 그는 더 이상 치료를 받지 못할 수도 있었다. 상담이 긍정적인 결과를 전혀 이끌어내지 못했다는 것을 증명하는 셈이기 때문이었다. 나는 법정에서, 그리고 그의 담당 치료사들에게 그를 변화시킬 자신이 있다고 설득했다. 그렇게 되지 않으면 그는 종신형을 받아야 했고, 그래서 나는 분명한 성과를 보여주어야만 했다. 그렇게 해서 나는 일주일에 두 번 그를 만나 치료를 계속할 수 있었다.

그는 교활했으며 사이코패스적인 성향까지 있는 아주 무서운 남자였다. 또한 폭력을 정당화하고 아무런 죄의식을 느끼지 않았으며 끊임없이 남 탓을 했다. 그의 잘못은 작고 사소한 것들인데 '사회적 구조'가 그를 부추겼다는 것이었다.

가끔은 혼자서 그를 만나야 했기 때문에, 상담이 시작되기 전에는 감정을 잘 다스려야만 했다. 머릿속에는 온갖 잡념들이 가득했다. 쓸모없는 짓을 하고 있다는 생각은 물론이고, 그가 나를 해칠지도 모른다는 두려움도 있었다. 나는 무념무상의 호랑이로 변신할 수 있도록 나의 깊은 내면을 차분히 들여다볼 필요가 있었다. 그러기 위해서 참선 수행의 힘과 나 자신을 믿어야 했다. 만약 내가 깨달음을 얻지 못한다면 다른 사람들에게 깨달음을 주는 것은 불가능하다는 사실을 직시해야 했다. 나는 그렇게 더욱더 수행에 정진했다.

상담을 하면서 나는 그의 삶과 다른 사람들의 삶을 망치고 있는 사람은 바로 그 자신이라는 사실을 계속 강조했다. 마침내 그는 종신형을 살 수도 있는 자신의 상황을 인식하기 시작했다. 나의 목표는 우선 그가 감옥에서 나와 아이들과 다시 결합하는 것이었지만, 그러기 위해선 끊임없이 간섭을 할 수밖에 없었다. 우선 그에게서 더 이상 여자들에게 폭력을 행사하지 않겠다는 다짐을 받아냈다. 그렇게 첫걸음을 내디딘 후에 나는 곧바로 그의 일탈, 회피, 자기합리화와 싸워야 했다. 그는 매 순간 나를 밀쳐내려 했으므로 나는 굳건하게 버텨야만 했다. 그의 정신적 타성을 분명히 파악하는 동시에 그 타성의 근원적인 이유를 알아내기 위해 나는 그의 더욱더 깊은 내면을 들여다볼 필요가 있었다. 그렇게 하지 않으면, 그는 또다시 본래의 악한 본성에 빠져들고 말 것이었다. 비록 불교에 대해서는 한 번도 이야기를 나눈 적은 없었지만, 당시에 우리는 어쩌면 명상을 수행하고 있었던 것일지도 모른다.

그렇게 6개월이 지나고 나서 판사를 비롯한 심리치료사들이 우리가 함께한 치유의 성과를 인정해주었다. 그는 법정에서 자신의 죄를 자백했고 죄의 대가를 받아들였으며 더 이상 자신을 합리화하지 않았다. 첫 번째 아내와는 평화적으로 합의를 하고 매주 일요일 저녁마다 아이들과 함께 남자의 부모 집에서 저녁식사를 하기로 했다. 자기 자신은 물론 다른 사람들까지 파괴시켰던 이 남자는 이제 불구덩이에서 빠져나오고 있었다. 더 정확히 말하자면, 불구덩이 한가운데에서 내가 그의 손을 잡고 있는 셈이었다. 나 자신이 타들어가는 경험을 하면서, 그를 통해 나의 모든 능력과 관용을 최대한 끌어낼 수 있었다.

강한 믿음이 살린 생명

– 라마 셴펜

나는 아주 어릴 때부터 약자를 돕는 일에는 아주 열심이었다. 일곱 살 무렵 나보다 덩치가 큰 아이들이 길가를 지나던 뱀을 향해 돌을 던지는 것을 보고는 내 키만 한 막대기를 주워들고 가 아이들을 쫓아 보낸 적이 있었다. 나는 뱀의 몸에 생긴 상처를 치료하기 위해 막대기를 이용해 뱀을 집으로 데리고 왔다. 그러고는 상처를 빨리 낫게 하는 그린 클레이를 몸에 발라주었다. 하지만 뱀이 움직이면 그것이 떨어질 것만 같아 목 주위를 천으로 감싸두려고 할 때, 갑자기 뱀이 머리를 돌려 내 손을 꽉 물고 유유히 사라졌다. 내 손가락에는 아직도 그때의 상처가 남아있다. 그때 고작 일곱 살이었지만, 나를 물고 도망친 뱀을 탓하지는 않았다. 오히려 내가 뱀을 아프게 했기 때문에 그런 일이 생긴 것이라고 생각했다.

성인이 되어 남인도에 있는 조그마한 진료소에서 일할 때였다. 정오 무렵에 십대 아이들이 얼굴에서 피를 흘리는 어떤 아이를 데리고 들어왔다. 진찰대에 눕히고 살펴보니 뺨에 아주 깊은 상처가 나 있었다. 친구들은 그 아이가 깨진 유리 조각 위로 넘어졌다고 했다. 아이의 혈압을 확인하니 수치가 너무 낮았다. 사람들은 서둘러 아이를 병원에 보내자고 했지만, 아이에게는 일분일초가 급했다. 기껏해야 십오 분 남짓 버틸 수 있을 것으로 보였기에 지금 당장 지혈하지 않으면 목숨이 위험했다. 외과의사는 아니었지만, 독학을 통해 기본적인 수술법에 대해서 잘 알고 있던 나는 급히 수술 준비를 했다.

수술을 하기 전에 나는 떨리는 마음으로 간곡한 기도를 올리고 곧바로 전신마취제를 주사했다. 가장 중요한 일은 출혈을 멈추는 것이었다. 팔이나 다리의 출혈을 막는 것은 아주 쉬운 일이었지만 얼굴은 대체 어디에 지혈대를 고정해야 하는 것인지 알 수 없었다. 일단 상처에 압박붕대를 감아보았지만 아무런 소용이 없었다. 출혈을 일으키는 원인을 찾기 위해서는 혈류를 찾아야 했다. 마침내 나는 동맥을 찾을 수 있었고, 출혈이 멈추면서 가장 큰 고비는 넘기게 되었다. 하지만 근육을 봉합하는 데에는 두 시간이 걸렸다.

봉합 수술이 끝나고 한 시간쯤 지나자 아이가 깨어났다. 그리고 다시 한 시간이 지나자 혈압도 정상적으로 돌아왔다. 집으로 돌아온 나는 완전히 지쳤지만 그 어느 때보다 행복했다. 아이를 구한 것은 다름 아닌 아이를 살릴 수 있다는 강한 믿음이었다는 것을 나는 의심하지 않는다.

**
*

다른 이를 도우려는 열망이 크면 클수록
능력과 자신감도 더욱 커지며, 더 큰 평화와 행복감을 느끼게 된다.

– 달라이 라마

어느 사형수의 깨달음

– 자비스 제이 마스터스

열아홉 살 때 상습 절도죄로 주립 교도소에 수감된 소년범 자비스 제이
마스터스는 교도소 간수 살해 혐의로 사형을 선고받았다. 그는 현재 항소
심을 기다리며 사형수 감옥에서 지내고 있다. 수감되어 있는 동안 불교
를 접하게 된 그는 티베트인 스승인 H. E. 차그두드 툴쿠의 지도 아래 독
실한 명상 수행을 시작했다. 다음의 이야기는 그의 회고록인 《자유를 찾
아서: 사형수 감옥에서 온 편지》에서 발췌한 것이다. 그는 교도소 생활이
주는 공포와 단조로움, 그리고 그 안에서 얻은 영적 구원의 기회에 대해
전하고 있다.

지난주에 나는 운동장으로 나가 아름답고 청명한 하늘을 올려다보
며 펜스를 따라 걷고 있었다. 아주 멋진 날이었다. 그때 끔찍한 일
이 벌어졌다. 바로 옆에서 운동을 하고 있던 누군가가 칼에 찔린 것
이었다. 감시탑에 있던 간수들은 재빨리 총을 들어 칼을 휘두르며
서로를 죽이려고 싸우는 두 남자를 조준했다. 그 순간 누군가 곧 죽
겠다는 생각이 들었다.

감시탑의 간수들은 운동장을 향해 총을 마구 쏘아대며 모두 바닥

에 엎드리라고 명령했다. 나는 아무 생각도 할 수 없었다. 몇 분 후 총소리가 들리지 않는 것으로 보아 죄수들은 싸움을 멈춘 것 같았다. 칼에 찔린 죄수는 어떻게 되었을까? 죽었을까? 이 모든 일이 일어나기 전에 나는 무슨 생각을 하고 있었지? 나는 왜 이렇게 바닥에 엎드려 있는 거지? 지금 이 모든 게 정녕 현실일까? 젠장! 이렇게 바닥에 얼굴을 대고 엎드려야 하는 교도소의 현실 속에서 어떻게 수행을 할 수 있단 말이지? 이게 말이나 되는 상황인가? 나는 무척 혼란스러웠다.

갑작스럽게 밀려드는 수많은 생각들로 머릿속이 터질 것만 같던 그 순간, 모든 생각이 한 가지로 모아졌다. 진짜 중요한 문제는, 내가 어디에 있고 지금 무슨 일이 일어나고 있는가가 아니라 그런 일이 일어나는 동안 내 마음속에 무엇이 있었느냐는 것이었다.

예전의 나는 현실로부터 도피하는 방법으로 명상을 수행하곤 했다. 그냥 편히 앉아서 격렬한 분노를 가라앉히고 자비의 기도를 통해 내면의 평화를 구하면 되는 것이었다. 하지만 지금의 나는 사랑과 자비심은 다른 사람들에게 전달되어야 하는 것이라고 믿는다. 주립 교도소와 같은 곳에서 그런 가치를 나누는 것은 위험한 모험일 수도 있지만, 만약 서로의 딱딱한 영혼을 어루만질 수 있고 다른 사람들에게 기쁨을 전하거나 누군가의 모범이 될 수 있다면 우리 모두는 더 나은 사람이 될 것이라고 믿는다.

열쇠는 우리가 아는 것을 적절히 활용하는 것이다. 나는 다른 이들에게 해를 끼친 나의 과오를 절대 잊지 않고, 그때의 경험을 이용해 다른 사람들이 수행을 이해할 수 있도록 도와주는 것으로 책임을 받아들이는 법을 배울 수 있었다. 수행을 시작하는 것은 어려운 일이 아니다. 감옥이 됐든 방 안이 됐든 길거리가 됐든 당신이 있는 그곳에서 시작하면 되는 것이다.

*
**

자애심이란 다른 이들이 행복을 경험하고 행복의 근원을 찾게 되기를 바라는 소망이다. 모든 존재는 행복을 갈구하지만 그것을 이루기는 쉽지 않다. 그들이 가능한 한 많은 행복을 얻고 행복의 근원을 찾기를 바라는 것이 바로 '자애심' 이다. 자애심의 가치는 헤아릴 수 없다. 우리의 내면에 이러한 깊은 사랑이 있다면 다른 사람들에게 자비를 베푸는 것도 자연스러운 일이다. 자비심은 악한 기운에 대항할 수 있는 가장 강력한 무기이므로 그 어떤 사악한 힘도 우리를 해칠 수 없다.

– 딜고 키엔체 린포체

포옹 명상법

– 틱낫한, 《사랑에 관한 가르침》 중에서

불교의 명상 수행에서 신체 접촉을 통한 명상은 없다는 것이 일반적이지
만, 명상의 스승인 틱낫한의 이야기는 이러한 편견을 넘어선다.

나는 포옹 명상법을 만들어냈다. 1966년 애틀랜타를 방문했을 때,
공항으로 배웅 나온 한 여성 시인이 이렇게 물었다.

"불교의 수도승과 포옹을 해도 됩니까?"

베트남에서는 그런 식으로 인사를 나누지 않지만, 나는 이렇게
생각했다.

'나는 참선 스승이기 때문에 포옹을 나누는 것은 나에게 문제가
되지 않는다.'

그녀에게 괜찮다고는 했지만 포옹을 하는 동안 나는 완전히 굳어

있었다. 비행기 안에서 서양의 친구들과 함께 일을 하려면 그들의 문화를 배울 필요가 있다는 생각을 했다. 그렇게 해서 나는 포옹 명상법을 개발한 것이다.

포옹 명상법은 동서양의 만남이다. 이 수행을 통해서 우리는 포옹하고 있는 사람을 진정으로 품을 수 있어야 한다. 보이기 위해서나 형식적으로 등을 쓰다듬는 것이 아니라 진심으로 상대를 팔 안에 품어야 하며, 의식적으로 호흡하면서 온몸과 영혼, 마음을 다해서 안아야 한다.

포옹 명상법은 정념正念 수행법이다.

"사랑하는 사람이 내 팔 안에 있다는 사실을 느끼며 숨을 들이쉬고, 그 사람이 내게 진심으로 소중한 사람이라고 생각하며 숨을 내쉰다."

만약 이렇게 깊이 호흡하며 사랑하는 사람을 안는다면, 배려와 사랑이 상대에게 심어지고 배양되어 꽃처럼 활짝 피어날 것이다.

콜로라도에서 심리치료사들을 위한 수행을 할 당시, 수행자들에게 포옹 명상법을 가르쳐주었다. 그때 함께했던 한 수행자가 필라델피아의 집으로 돌아가 공항에서 만난 아내를 이전과는 전혀 다른 방식으로 안아주었다. 그 힘을 느낀 아내는 다음에 시카고에서 열린 우리 명상 수행회에 참가하게 됐다.

진정으로 존재하려면 그저 정념을 다해 호흡하면 되며, 그러다 보면 어느 순간 두 사람은 실재가 되어 있을 것이다. 포옹 명상법은 우리에게 인생 최고의 순간을 경험하게 해줄 수 있을 것이다.

새롭게 시작하라

– 틱낫한

십 년 전쯤. 틱낫한은 베트남전에 참전했던 미국 군인들을 대상으로 명상 수련회를 열었다. 남자건 여자건 거의 모든 이들이 분노와 자기혐오 그리고 죄책감에 시달리며 자기만의 지옥에서 빠져나가기 위해 열심히 탈출구를 찾고 있었다 베트남에서 온 이 수도승은 고통스런 기억을 치유하는 방법으로 내면에 있는 용서의 샘을 이용하라고 가르쳤다. 다음은 틱낫한의 저서 《사랑에 관한 가르침》에서 발췌한 것이다.

또 다른 참전 군인은 자신의 소대에 있던 거의 모든 동료들이 게릴라에 의해 살해당했다고 했다. 살아남은 병사들은 분노를 참지 못해 폭약을 넣은 쿠키를 길가에 뿌려놓았다. 하지만 정작 쿠키를 주워먹은 것은 베트남 아이들이었고, 폭약은 순식간에 아이들의 목숨을 앗아가버렸다. 부모들은 고통으로 땅 위를 뒹구는 아이들을 살리고자 했지만 그들이 할 수 있는 일은 아무 것도 없었다. 폭약이 든 쿠키를 먹은 아이들이 고통스럽게 죽어가던 모습은 그 참전 군인의 마음에 깊이 각인되었고 그 기억으로 20년이 지난 지금까지도 어린 아이들과 같은 공간에 있지 못한다. 그는 지옥에서 살고 있었다.

이야기를 다 듣고서, 나는 그에게 '새롭게 시작하기'라는 수행법을 알려주었다. 이 수행은 결코 쉽지 않다. 마음과 정신은 지극히 현실적인 방법으로 변화시켜야 한다. 그 과정에서 수치심을 느끼게 될지도 모르지만, 이것은 아무런 문제가 되지 않는다. 나는 그에게 이렇게 말했다.

"그날 대여섯 명의 아이들을 죽였다고요? 그것 때문에 지금 우리 옆에서 죽어가는 또 다른 아이들의 생명은 외면하고 있는 겁니까? 세계 곳곳에서는 전쟁, 기아, 질병으로 수많은 아이들이 죽어가고 있습니다. 과거에 죽였던 그 아이들에 대해서는 죄책감을 느끼면서 지금 이 순간 죽어가는 아이들에 대해서는 생각해본 적이 있습니까? 당신의 건강한 신체와 정신은 지금 남아있는 그 아이들을 도울 수 있습니다. 부디 마음속의 사랑을 일깨우고 당신에게 주어진 몇 달 혹은 몇 년을 지금 당신 옆에 있는 아이들을 돕는 데에 사용하십시오."

그는 내 말에 동의했고, 이 수행을 통해 자신의 죄의식을 떨쳐내는 데에 많은 도움을 받았다.

178

극한의 공포 속에서 얻은 깨달음

– 파멜라 블룸

최근에 나는 대장내시경 검사를 했다. 이 검사는 우리 몸의 가장 깊숙한 곳을 살피는 검사이기 때문에 대부분의 사람들은 처음부터 두려움을 느낀다. 마취가 더디게 깰 수도 있어서 일반적으로 병원에서는 검사가 끝나고 집까지 데려다 줄 사람과 동행할 것을 권한다. 하지만 안타깝게도 시간을 낼 수 있는 사람을 찾을 수 없었던 나는 혼자 병원을 가야 했고, 그래서인지 시작부터 잔뜩 긴장해 있었다. 검사 전에 마취를 해야 했는데 내 정맥이 너무 좁아 담당의사는 무척이나 고생을 했다.

어떤 이유에서인지 그날에 대한 기억은 지금도 생생하게 떠오른다. 환자용 가운을 입고 이동용 수술대에 고정된 나는 움찔거리지 않으려고 애를 썼지만 의사는 자꾸만 정맥을 제대로 찾지 못했다. 한 번… 두 번… 세번…. 바늘은 두꺼웠고 너무 아팠다. 의사가 정맥을 찾기 위해 팔을 두드릴 때마다 그의 손가락 끝에서는 불안감이 느껴졌다. 땀에 흠뻑 젖은 채 나에게 보호자를 데리고 왔는지 물었다. 그 말을 듣자 괜스레 눈물이 왈칵 솟았다.

"괜찮습니다."

그는 자신 없는 어조로 말했다.

"괜찮을 겁니다."

다섯 번의 시도 끝에 마침내 정맥을 찾아 마취주사를 꽂는 데에 성공했다. 안도의 숨을 내쉬려는 찰나 담당의사가 조수에게 하는 말이 들렸다.

"좋아, 음악 틀어."

그리고 곧 귀청을 찢을 듯한 시끄럽고 정신없는 록 음악이 수술실 안을 가득 채웠다. 당황한 나는 마취에 취해 가는 와중에도 의사에게 음악을 꺼달라고 힘겹게 부탁했다.

"안 돼요."

마스크를 쓰면서 그가 말했다.

"제가 일하는 방식입니다."

화가 났다. 나는 죄수처럼 묶인 채로 뼛속 마디마디에서 헤비메탈의 비트가 쿵쿵거리는 것을 느끼고 있었다. 마치 지옥의 문으로 들어가는 기분이었다. 얼굴에서는 땀이 흐르고 주체할 수 없을 정도로 몸이 떨리기 시작했다. 한 번도 겪어보지 못한 악몽 같은 일이었다. 상황은 점점 나빠졌지만 도망칠 수도 없었다. 마취에 들기까지는 일 분도 채 걸리지 않을 것이다. 나는 마치 정맥으로 독약을 넣어 처형받는 기분이었으며, 공황상태에 빠져들었다. 의지할 수 있는 것이라고는 오직 정신력뿐이었다.

그런데 육체적, 정신적, 감정적으로 완전히 위축되어 있던 그때 변화가 일어났다. 아마도 극심한 고통 때문이었겠지만, 갑자기 내가 느끼는 고통뿐 아니라 이 세상 모든 사람들이 겪었을 고통까지도 온몸에 느껴지는 것이었다.

당뇨병으로 수년 동안 정맥주사를 수천 번도 넘게 참아내야 했던 친구 실반이 떠올랐고, 수술을 앞둔 아버지, 어머니, 형제들이 떠올랐다. 그리고 단 한 번도 만난 적은 없지만 충격과 공포, 무력감에 빠져 있을 수백만의 사람들이 떠올랐다. 수술실 안은 그들의 영혼으로 가득했다. 그때 불현듯 오래전에 스승님들이 가르쳐주었던 기도가 떠올랐다.

'다시는 그 누구도 이와 같은 고통을 겪지 않기를… 내가 겪는 이 고통을 대신하여 모든 이들이 괴로움에서 놓여날 수 있기를.'

기도와 함께 나는 마취에 빠져들었다. 검사는 무사히 끝났고, 정맥주사 사건을 제외하고는 별다른 통증도 없었다. 모든 일이 꿈만 같았다. 나는 그날의 일을 통해, 두려움이 얼마나 쉽게 우리를 지배하는지, 인간이란 얼마나 무력한 존재인지를 깨달았다. 그리고 우리 마음속에는 강력한 기도가 흐르고 있기 때문에 필요할 때에는 얼마든지 그것을 활용할 수 있다는 큰 가르침을 얻었다.

내 생애 최고의 엘리트 클럽

- 조애나 불

코미디언 길다 래드너의 항암치료 담당의사를 만났을 당시에 나는 캘리포니아에서 암환자들을 위한 지원센터를 운영하고 있었다. 길다의 담당의사는 난소암과 싸우고 있는 그녀에게 심리치료사이자 명상가로 활동했던 내가 도움을 줄 수 있을 것이라고 생각하고 나를 소개해주었던 것이다. 길다를 만나자마자 나는 그녀의 다정함과 솔직함에 끌렸다. 상담치료를 하는 동안 래드너는 종종 암이라는 병을 마치 이 세상에서 자기 혼자만 겪고 있는 것처럼 이야기하곤 했다. 그런 그녀에게 내가 일하는 곳에서는 암이 특별한 것이 아니라는 이야기를 해주었다. 그녀 혼자만 암을 앓고 있는 것이 아니라는 말을 해주고 싶었던 것이다. 길다는 잠시 멈칫하더니 말을 이었다.

"그래서… 제가 재미없나요?"

우리는 함께 웃었다.

마침내 길다가 우리 상담 센터에 참여하기로 했을 때, 그녀는 자신을 얽매고 있던 병에서 풀려나는 것 같았다고 했다. 길다는 죽음을 가까이 둔 삶을 살아가는 법을 배웠다. 그리고 나에게 불도를 처음으로 전해준 스즈키 로시 스승님의 가르침인 '초심자의 마음에는 무한한 가능성이 있지만 전문가의 마음은 그렇지 않다' 라는 것의 의미를 길다도 완전히 받아들이게 되었다. 자신의 죽음에 대해 '전문가' 가 아니었기에 길다는 자유로운 삶을 살아갈 수 있었다. 길다와 그녀의 남편 진 와일더는 동부 지역에 비슷한 센터를 운영해보고자 자신의 집 거실에서 암환자 지원 모임을 재현해보았다. 하지만 제대로 된 체계도 없었고 전문 상담자도 없었기 때문에 원활히 운영되지는 않았다. 그저 모여 앉아 자기의 감정과 경험담을 이야기한다고 될 일은 아니었던 것이다.

길다가 세상을 떠나고 일 년 후, 그녀의 남편 진과 TV영화 평론가 조엘 시겔, 맨디 파틴킨을 포함한 몇 사람들이 나에게 뉴욕에 상담 센터를 하나 시작해보자고 제안해왔다. 그 말에 나는 20여 년 동안 살았던 정든 캘리포니아의 집과 생활을 정리하고 맨해튼으로 떠났다. 가진 거라고는 커다란 매킨토시 컴퓨터 한 대와 마음속에 새겨진 철학 그리고 심리치료사로서 환자들을 향한 열정이 전부였다. 하지만 센터를 열자마자 마치 기적이라도 일어난 것처럼 열렬하고 적극적인 후원이 쏟아졌다. 우리는 이것을 '길다의 기적'이라고 불렀다. 지속적으로 열심히 활동한 결과 지금은 전 세계에서 30개의 길다 클럽이 운영되고 있으며, 꾸준히 늘어나고 있다. 길다 클럽은 이제 세계적인 단체가 되었다.

아직 모르고 있는 사람들도 있지만, 내가 길다 클럽을 사랑하는 진짜 이유는 클럽이 불교에서 가르치는 수행에 기반하고 있기 때문이다. 클럽의 운영방식은 이렇다. 사람들은 승가회처럼 길다 클럽에 함께 모여, 자신들이 어떻게 암과 함께 살아가고 있는지에 대해 이야기를 나누면서 서로를 격려한다. 나는 이것을 '집단 지혜'라고 부른다. 우리 클럽의 철학은 모든 것은 직접 경험에서 나오므로, 실제로 암을 겪고 있는 우리들이 바로 전문가라는 것이다.

클럽에는 남자, 여자, 아이들, 가족, 친구들, 이웃, 타종교의 성직자는 물론이고 암과 함께 살아가는 의미를 알고 싶은 사람이라면 누구나 참여할 수 있다. 클럽의 모든 프로그램은 위의 철학을 극대

화하기 위해 마련되어 있으며, 어떠한 비용도 필요 없다.

예전에 길다 클럽에 자신이 암과 싸우고 있다는 사실을 그 누구에게도 말하지 못하고 있던 어떤 여성이 있었다. 그녀는 암을 앓고 있다는 사실을 매우 부끄럽게 생각했는데, 클럽에 가입하고 많은 친구들을 사귀면서 자신의 상황을 자연스럽게 받아들일 수 있게 되었다. 병세는 오락가락했지만, 그녀는 암을 앓더라도 잘 살아갈 수 있다는 확신을 꾸준히 키워나갔다.

그녀는 미술 활동을 가장 좋아했다. 클럽의 가장 큰 후원사 중 한 군데에서 새로운 넥타이 홍보해줄 사람을 찾고 있다는 걸 알게 된 나는 관계자에게 이렇게 귀띔해주었다.

"우리 클럽에 훌륭한 분들이 있어요. 그분들은 암을 안고 살아가지만 아주 아름다운 예술품을 만들어내고 있죠."

그 후 얼마 지나지 않아 후원사는 그녀의 그림을 넥타이에 인쇄해 제품 프로모션을 시작했다. 행복하고 자신감 넘치는 표정을 하고 있는 그녀의 사진이 함께 인쇄된 넥타이는 전국 8백 개가 넘는 매장에서 판매되었으며, 그녀가 길다 클럽의 회원이라는 사실이 전국에 알려졌다. 이 일이 있고 난 후 그녀가 나에게 말했다.

"길다의 클럽에 오기 전까지 저는 좁은 새장에 갇혀 있던 새였어요. 하지만 지금은 온 세상 사람들에게 아름다운 목소리를 들려주고 있어요. 어떻게 끝이 날지는 알 수 없지만, 저는 이제 암과 함께 살아갈 수 있게 되었을 뿐만 아니라 더 많은 시간을 행복하게 살 수 있다는 것을 깨달았어요."

길다의 남동생은 그녀가 남긴 코미디 작품보다 길다 클럽이 더 의미 있는 유산이라고 했다. 그녀를 통해 수천 명의 사람들이 전에는 상상도 못했던 사회적, 감정적인 도움을 주고받을 수 있게 되었기 때문이라는 것이었다. 길다는 생전에 암에 걸리는 것은 한 번도 가입해보지 못했던 엘리트 클럽의 회원이 된 기분이라는 말을 종종 했었다. 그것이 바로 우리의 모임을 길다 클럽이라고 부르는 이유이기도 하다. 우리는 그렇게 적극적으로 함께, 웃으면서 살아가는 법을 배우고 있다.

진정한 평화를 바란다는 것은…

– 바버라 브로드스키

어린 시절부터 나는 폭력을 무척 싫어했다. 유대인인 우리 가족은 1940년대 말 유럽에서 있었던 유대인 대학살과 그때 희생된 친척들에 대한 이야기로 저녁 식탁을 채우고는 했다. 나는 늘 자신과 똑같은 인간에게 어떻게 그토록 비인간적인 행위를 할 수 있었는지 알고 싶었다. 그러면서 나는 점점 더 비폭력주의를 굳은 신념으로 삼고 사는 사람이 되었다.

1960년에는 집을 떠나 평화운동에 동참하기 시작했다. 그때까지만 해도 내 안에 평화의 근원이 있다는 생각은 한 번도 해보지 않았다. 열여덟 살 때 처음으로 비폭력운동에 참여하게 되었다. 교육을 받는 동안 우리들은 무엇보다 먼저 자신 안에 있는 분노를 직시해야 한다는 것을 배웠다. 그때 나는 이런 생각을 하고 있었다.

"나는 절대 화를 내지 않아! 사람들을 오직 친절과 사랑으로 대할 거야."

핵잠수함을 만드는 공장으로 피켓 시위를 나갔을 때였다. 나는 물리적으로 비폭력을 지키리라 다짐했지만, 비폭력의 진정한 의미에 대해서는 잘 모르고 있었다. 단순히 물리적인 반격은 하지 않겠다고 생각하고 있었고 그것을 지키는 것은 꽤 간단해 보였다.

피켓 시위를 했던 곳은 물리적 충돌이 한 번도 일어나지 않았던 곳이었다. 그런데 그날은 약간 술에 취한 듯한 남자가 적대적인 자세로 나에게 다가왔다. 그는 화가 나 있었다. 우리가 자신의 일자리를 위협한다고 생각하는 것 같았다. 그는 나를 밀치며 주먹을 휘둘렀다. 상처가 날 정도는 아니었지만 겁을 주기에는 충분했다. 주먹에 맞은 나는 땅바닥에 쓰러졌고, 그동안 배운 대로 얼굴을 방어했다. 그 남자는 자존심을 상하게 만들려는 듯 발길질을 하기 시작했다.

나는 그를 증오하지도 반격하지도 않은 채 그 자리에 누워 있었다. 회색빛 콘크리트 바닥의 거친 표면과 연약한 손바닥을 파고드는 날카로운 돌멩이, 무릎을 적시는 차가운 웅덩이와 어깨에 쏟아지던 남자의 발길질은 지금도 기억이 생생하다. 나는 엄청난 두려움과 분노를 동시에 느꼈다. 하지만 그 분노는 남자를 향한 것이 아니라 나의 반응에 대한 것이었다. 나는 비폭력을 지키고 모든 이들을 사랑으로 대하기로 다짐했다! 그런데 지금 나의 이 모든 분노는 대체 어디에서 나오는 것일까? 마침내 사람들이 그를 떼어냈고, 그가 마지막 한마디를 던졌다.

"이래도 겁을 먹지 않았다면, 다음에는 아주 확실히 두들겨 패주지."

겁을 먹었다고? 내가 무서웠던 건 그 남자가 아니라 내 안에 숨어 있던 폭력성 때문이었다. 그 주 내내 나는 내가 느낀 두려움에 대해 생각했다. 하지만 다음 토요일에도 똑같은 상황이 벌어졌고 마음속에 똑같은 두려움과 분노가 일었다.

우리는 매주 같은 무대에서 같은 장면을 연출해냈다. 이제 토요일 오후만 되면 우리의 짧은 공연을 보기 위해 몰려드는 관객들까지 있었다. 사랑과 비폭력을 실천하기로 한 나는 매주 그곳에 누워 그를 증오하고 또 나를 증오했다.

그러던 나는 서서히 내 분노의 뿌리를 보기 시작했다. 내가 화가 났던 것은 그의 발길질 때문이 아니라 나의 무력함과 아주 분명하

190

게 드러나고 있던 분노 때문이었다. 그러다가 문득 바닥에 누워 떨고 있는 나 자신에게 조금씩 자비심이 생기기 시작했다. 그리고 나의 분노를 인정하고 그 분노에 대항할 필요가 없음을 깨닫게 되었다. 나의 그런 모습까지도 존중하기 시작한 것이다.

분노는 육체적 고통보다 두려움이라는 가면을 쓰고 있었다. 남자가 폭력을 통해 실제로 기대했던 것은 고통이 아니라 내가 두려움을 느끼고 자제심을 잃도록 하기 위한 것이었다. 분노는 옳고 그름, 선과 악이라는 해묵은 이분법 안에서 안전함을 느끼기 위한 하나의 방법이었다. 만약 내가 '옳고' 그가 '틀리다'면 나는 내 안의 폭력성을 반성할 필요가 없었다. 나는 내 안위를 위해 상대를 비난할 수는 있다. 하지만 내가 똑같이 분노한다면, 무엇이 안전하단 말인가? 내 안의 이러한 두려움을 인정하고 받아들이게 되자 이번에는 남자가 느끼고 있는 두려움을 넓은 마음으로 받아들일 수 있게 되었다. 그러자 갑자기 적대심이 사라지고, 고통과 두려움에 떠는 한없이 나약한 나의 모습이 보였다.

이제 그곳에는 그의 두려움이나 나의 두려움이 아닌, 그저 두려움이라는 마음의 상태만이 남아있었다. 마찬가지로 내가 가진 분노를 아무런 편견 없이 받아들이자 더 이상 그 남자의 분노나 나의 분노가 아닌 분노 그 자체만 남게 되었다. 그것을 처음으로 깨달았을 때, 마치 어둠 속에서 밝은 햇빛 아래로 걸어나오는 느낌이었다.

바닥에 누워 머리와 갈비뼈로 날아드는 남자의 발길질을 견뎌내고 있던 나는 문득 그에 대한 사랑이 일었다. 그렇지만 분노가 완전히 사라진 것은 아니었다. 그것은 그저 육체에 남은 분노의 공허한 메아리에 지나지 않았으며 무의미하게 우리의 시간을 허비할 뿐이었다. 그렇게 분노가 사라진 자리는 사랑으로 채워졌다. 우리는 이러한 편견 없이 두려움을 공유하고 있었다. 내 마음이 이러한 본질에 문을 열자 남은 분노까지도 사라지는 듯했다. 더 이상 두려울 것이 없었다.

내 안에서 일어나고 있던 변화를 남자도 느낀 것 같았다. 몇 주 동안 우리는 아무런 말도 하지 않고 그렇게 마주쳤다. 그러던 어느 날 남자는 갑자기 발길질을 멈추었다. 나는 남자를 올려다보았고, 우리는 처음으로 눈이 마주쳤다. 그가 말했다.

"왜 자꾸 오는 거요?"

우리는 서로를 응시했다. 그는 내게 손을 내밀어 일으켜주었다.

마침내 소통의 문이 열렸다. 나 자신에 대한 분노를 인정한 것이 그로 하여금 자신의 감정을 받아들이게 했다. 우리는 몇몇 사람들과 함께 작은 식당으로 자리를 옮겨 편견의 벽을 허물고 진심으로 서로의 이야기를 들어주기 시작했다. 남자는 실직을 하게 되면 가족을 부양하지 못할 것이라는 두려움을 느끼고 있었다는 이야기를 했다. 그리고 그는 처음으로 우리의 이야기를 경청하고 진심으로 이해하고자 했다.

편협한 시야에서 벗어나자 소통의 장이 넓어졌다. 참여하는 사람들이 지속적으로 늘어나면서 우리는 정기적으로 만나 이야기를 나누기 시작했다. 이제 우리 모임은 양립한 두 집단이 아닌 저마다의 고민거리를 가진 다양한 사람들이 모여서 두려움과 고통을 나누고 해결하는 모임이 되었다.

*
**

고통을 받는 사람이 한 명이라도 남아있는 한
나 또한 남아서 세상의 모든 슬픔을 달래리라.

– 샨티데바

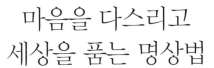

마음을 다스리고
세상을 품는 명상법

메따 수행법

메따 수행법(자비관 수행)은 자비심을 키우는 대표적인 수행법이다. 간단하지만 직관적인 이 명상법은 순수하게 사랑에만 기초하고 있으며, 마음을 차분하게 만들고 집중력을 키워주기 때문에 종교에 관계 없이 누구나 수행할 수 있다. 메따의 힘은 단순히 기도문을 반복한다고 생기는 것이 아니라 수행자가 기도문의 진정한 의미를 이해했을 때에 발휘된다.

메따 수행법은 명상 중에 떠오르는 사람들이 언젠가는 마음을 열고 자신과 하나가 될 것이라는 바람을 담은 수행법이다. 감사하는 마음으로 수행을 반복하다보면, 명상은 스스로 생명력을 얻어 참된 연민과 사랑을 실천하지 못하도록 막는 모든 장애물들을 허물어줄 것이다. 그러면 우리는 서서히 부정적인 마음의 습관을 밀어내고 긍정적인 마음을 갖추게 된다.

명상은 조용한 장소에서 매일 15분에서 20분씩 꾸준히 수개월에 걸쳐 수행하는 것이 가장 이상적이다. 처음에는 지루하고 어색하게 느껴질 수도 있고, 짜증이나 화가 날 수도 있지만 자책할 필요는 없다. 이런 부정적인 반응이야말로 자애의 청정한 바람이 오랜 세월 쌓여온 먼지와 오물을 날려주는 좋은 징조이다. 수행이 힘들다고 느껴질 때일수록 인내심을 갖고 스스로에게 좀 더 관대해지는 것이 중요하다. 어떤 감정이든 그것을 인정하고 부드럽게 다스려야 한다.

이제부터 명상법을 살펴보기로 하자.

먼저 바닥에 편안하게 앉는다. 의자에 앉았다면 발바닥을 바닥에 붙이고 앞이나 뒤로 기대지 않은 상태에서 자세를 유지한다. 그리고 몸의 긴장을 풀고 자연스럽게 호흡하며 마음속의 걱정과 번뇌를 최대한 흘려보내도록 한다. 눈은 떠도 되고 감아도 되지만, 눈을 뜨고 한다면 부드럽게 한 곳에 시선을 집중하도록 한다. 이것을 반복적으로 수행하다보면, 언제 어디에서든 쉽게 명상을 시작할 수 있게 된다.

마음이 차분해졌다면, 다음의 문구를 암송한다. 먼저 자신을 위한 기도를 한다. 부처의 가르침처럼 자신을 사랑하지 않고는 다른 사람을 사랑하는 것은 불가능하기 때문이다.

내 안에 평안이 깃들기를 원합니다.

내 안에 행복이 차오르기를 원합니다.

모든 번뇌로부터 자유로워지기를 원합니다.

내 안에 자애심이 가득 차기를 원합니다.

내 안에 기쁨이 가득 차기를 원합니다.

그리고 평화와 안식 안에 머물기를 원합니다.

온 정신을 집중해 이 문구를 반복해서 외우다보면, 기도의 의미와 힘이 우리의 몸과 마음 구석구석으로 전달된다. 그리고 기도는 생명력을 얻어 실제로 우리에게 더욱 큰 평안함과 행복을 가져다준다. 기도문을 암송하는 동안, 머릿속으로 어떤 이미지가 떠오를 수도 있고 호흡이 느려지면서 날숨에 맞춰 기도문을 내뱉게 되는 경우도 있다. 어떤 변화가 나타나든 그것을 자연스럽게 받아들이고 평안함을 유지하는 것이 가장 중요하다. 기도문을 반복하면서 온화함과 애정, 선의가 몸과 마음에 깃들도록 한다.

몇 주가 걸리든 자애심이 자연스럽게 일어나기 전까지 수행을 멈추면 안 된다. 자신을 위한 명상 수행이 자연스러워지면, 점차적으로 자애심의 대상을 바꿀 수 있게 된다.

이제부터 사랑하는 사람 혹은 평안하기를 바라는 누군가를 위해 기도한다. 먼저 그 사람의 존재를 느끼며 마음의 눈으로 그의 모습을 선명하게 그려본다. 그리고 나서 진중하게 기도문을 암송한다.

당신 안에 평안이 깃들기를 원합니다.
당신 안에 행복이 차오르기를 원합니다.
당신이 모든 번뇌로부터 자유로워지기를 원합니다.
당신 안에 자애심이 가득 차기를 원합니다.
당신 안에 기쁨이 가득 차기를 원합니다.
그리고 평화와 안식 안에 머물기를 원합니다.

이렇게 사랑하는 사람에 대한 자비심이 자연스럽게 일어난다면, 차츰 대상의 범위를 넓혀간다. 친구들이나 이웃들, 행인들, 다른 나라의 사람들, 동물들, 지구 전체에 있는 모든 생명들까지 대상은 무한하다. 그러는 동안 가장 고단한 삶을 살고 있는 사람들에게도 자애심을 가질 수 있는 단계에까지 다다르게 된다. 이 단계에서는 음식도 없고 쉴 곳도 없이 외롭게 잊혀져가는 세상의 모든 사람들을 반드시 염두에 두어야 하며, 그 모두가 행복하고 평온하며 평화 속에 머물기를 빌어야 한다.

일정한 범주(노숙자, 에이즈 환자, 전쟁 난민들, 사회의 약자들, 박해자와 박해를 받는 사람들처럼)를 정하고 그 안에 속해 있는 사람들을 위한 메따를 수행할 수도 있다. 충분히 수행을 하게 되면, 나중에는 자신에서부터 친구와 사랑하는 사람들 그리고 세상의 모든 존재들을 위해 동시에 명상을 할 수 있게 될 것이다. 그렇게 되면 다음과 같이 기도를 하면 된다.

이 세상 모든 사람들 안에 평안이 깃들기를 원합니다.
이 세상 모든 사람들 안에 행복이 차오르기를 원합니다.
이 세상 모든 사람들이 모든 번뇌로부터 자유로워지기를 원합니다.
이 세상 모든 사람들 안에 자애심이 가득 차기를 원합니다.
이 세상 모든 사람들 안에 기쁨이 가득 차기를 원합니다.
그리고 그들이 모두 평화와 안식 안에 머물기를 원합니다.

이 단계까지 오르게 되면 장소에 구애받지 않고 명상을 수행할 수 있는 경지에까지 오르게 된다. 차 안에서, 지하철에서, 진료실에서 수천 가지의 상황 속에서 명상을 할 수 있다. 만약 사람들이 모여 있는 곳에서 메따를 수행한다면, 다른 사람들과 직접적으로 연결되는 느낌을 경험할 수 있다. 수행을 통해 얻게 된 자비심은 삶을 차분하게 하고, 마음에 집중할 수 있도록 도와주는 힘이다.

통렌 호흡법

티베트 명상법인 통렌 호흡법은 모든 불교 종파를 통틀어서 가장 강력하고 실용적인 자비심 수행법 중의 한 가지이다. 소걀 린포체는 자신의 저서 《삶과 죽음을 바라보는 티베트의 지혜》에서 다음과 같이 말했다.

"통렌은 다른 이들이 겪는 고통의 진실에 눈 뜨게 해줄 겁니다. 통렌은 당신의 시야를 가리고 있는 모든 벽을 허물어줍니다. 그리고 고통 받고 있는 사람을 통해 자신의 내면을 바라볼 수 있도록 해줄 것입니다."

통렌 호흡법을 수행하는 목적은 모든 사람들이 안고 있는 여러 가지 감정적, 육체적, 정신적인 고통을 자비심을 통해 대신 받아들이고, 사랑과 행복, 평안, 선의를 전달하려는 것이다. 모든 것은 호흡을 통해 이루어진다. 들숨을 통해 사람들의 고통과 슬픔, 분노와 좌절을 받아들이고 날숨을 통해서 치유와 만족, 긍정의 빛을 내뱉는다. 수행의 대상은 자기 자신에서 시작하여 사랑하는 사람들 그리고 우리가 모르는 사람들로 점차 확대되어 마지막으로는 우리가 증오하는 사람들까지 포함하게 된다. 만약 모든 사람들을 향해 이 명상을 똑같이 적용할 수 있게 된다면, 우리는 극단적인 감정을 조금씩 가라앉히고 세상 모든 중생을 평등하고 공평하게 대할 수 있게 된다.

평범한 사람이 타인의 고통을 떠안는 보살과 같은 행동을 보일 수 있는 것은 태어날 때부터 우리 안에는 '살아있는 부처'가 있기 때문이다. 타인의 고통을 대신하는 것은 순교자나 구원자가 되기 위해서가 아니라 단지 우리에게 그러한 능력이 있기 때문이다.

통렌 호흡법을 시작하기 전에 우선되어야 하는 것은 우리 안에 어떤 절대자나 살아있는 부처, 예수의 본성이 있다는 것을 깨닫는 것이다. 이것이 이루어지지 않으면, 다른 이들에게 영향을 끼칠 수 없을 뿐더러 우리의 수행은 그저 에너지를 소모시키고 누구에게도 가치가 없는 행위로 끝날 것이다.

통렌 호흡법은 정해진 형식이 있는 수행법이기 때문에 매일 조용한 장소에서 최소 20~30분씩 수행을 하는 것이 이상적이다. 물론 일상생활 중에서 명상을 해도 무관하다. 지하철에서, 거리에서, 업무 중에 그리고 자비심을 필요로 하는 사람이나 상황이 있는 곳이라면 어디에서든 명상을 할 수 있다. 특히 임종을 앞둔 사람이나 그 곁을 지키는 사람들에게 큰 도움이 된다. 임종의 순간을 바로 옆에서 지키지 못하더라도 마음으로 함께한다면 상관없다.

수행에 들어가기 전에 먼저 조용히 앉아서 마음을 집중하고 그 순간에 정신을 모은다. 만약 마음을 다스리는 명상법을 따로 수행하고 있다면 그것을 먼저 수행하는 것도 도움이 된다. 마음이 정리되었다면, 자비심을 불러일으키는 이미지나 상황 또는 자신이 믿는 절대자의 모습을 떠올려 그것들이 뿜어내는 온기와 열의를 느끼고 무한한 사랑의 힘을 받아들인다. 이때, 어머니나 자비 어린 절대자의 모습을 상상할 수도 있고 사랑하는 애완동물의 얼굴을 떠올릴 수도 있다. 이미지들을 통해 사랑과 온기, 자비심의 감정이 우리 몸과 마음 곳곳에 차올라 흐르도록 한다. 그러면 어느 순간 청명한 하늘과 같이 순수하며 광활한 우리의 모습을 깨닫게 될 것이다.

다음 단계로, 우리가 아끼는 사람이 고통받고 있는 모습을 가능한 한 생생하고 강렬하게 그려본다. 그 사람이 고통받는 모습에 마음을 집중시켜 점점 더 생생하고 구체적으로 그린다. 그리고 그의 고통과 시련 그리고 내면의 슬픔을 보고, 듣고, 맡아본다. 점차 그 사람에 대한 자비심이 일어나면, 그가 가진 모든 육체적, 정신적, 감정적인 고통을 하나로 뭉쳐 뜨겁고 검은 모래 연기로 이미지화시킨다. 그리고 이 검은 연기를 흡입해서 없앤다는 생각으로 숨을 들이마신다. 이 검은 모래 연기는 집착과 악의, 부정으로 가득찬 우리의 깊은 내면으로 흘러들어와 우리가 가진 행복의 마지막 흔적까지 부수고 없앨 것이다. 이렇게 수행을 하는 동안 우리는 다른 이들의 고통을 받아들이도록 자극받는데, 신기하게도 그러는 동안 우리의 얼어붙은 마음은 사라지고 오직 깨달음과 선의 그리고 잠들어 있던 보살의 영광스러운 모습이 드러날 것이다.

이제 숨을 내쉬면서 평화와 행복, 기쁨, 평안의 축복되고 찬란한 빛이 고통을 겪고 있는 사람에게 전해져 그의 부정적인 생각과 번뇌를 부수어 업보를 정화시켜주는 모습을 상상한다. 혹은 우리의 존재 자체가 모든 이들의 깊은 갈망과 소망을 알아주고, 상처 입은 곳을 치유해주며 찬란하게 빛나는 소원을 성취해주는 보석이 되었다고 상상할 수도 있다. 혹은 우리의 삶에서 가장 아름답고 좋은 모든 것을 그 사람에게 내주면서 또한 그것들에 대한 집착을 내려놓은 상상을 할 수도 있다. 실제로 우리는 그 아름답고 좋은 것을 무한히 가지고 있다.

통렌 호흡법을 할 때는 항상 호흡을 차분하고 일정하게 유지해야 한다는 것을 명심해야 한다. 만약 자신을 압박하는 부정적인 생각이 떠오르면 처음 단계로 돌아가 사랑의 이미지를 떠올리고 안정을 찾을 때까지 자신을 다스려야 한다. 수행은 먼저 자기 자신을 대상으로 시작하는 것이 제일 좋다. 그러고 나서 고통 받고 있는 사람과 우리에게 고통을 주는 사람, 그리고 마침내는 고통 받고 있는 세상의 모든 사람들을 위한 명상으로 확대해 나간다.

이 책에 나오는 많은 이야기들이 말해주고 있듯이 통렌의 위대한 힘은 최악의 상황에서 발휘된다. 다시 말해, 통렌은 우리가 가장 증오하고 혐오하는 상대를 대상으로도 수행할 수 있다는 것이다. 충분한 시간을 갖고 수련하고 헌신하며 살아있는 부처의 가르침을 배우면, 우리도 통렌 수행을 통해 전기 고문을 버텨낸 티베트의 수도승 팔덴 갸초의 경지에까지 이를 수 있을 것이다.

이해를 돕는 용어 설명

- **바르도** 사람이 죽고 나서 다음 생을 얻기 전까지 머무르는 중간 단계.
  삶과 죽음의 중간 단계를 이르기도 하며, 잠든 상태와 깨어있는 상태
  의 중간 단계를 가리키기도 한다. 또한 사념의 경계를 말하기도 한다.

- **보리** 보리는 budh(깨닫다)라는 산스크리트 어에서 파생된 말로 '깨어
  있음' 혹은 '개화'를 의미하며 '부처'의 어원이기도 하다. 쿤누 린포체
  의 말에 따르면, 깨달음을 얻은 존재는 잠에서 깨어난 것처럼 무지의
  굴레에서 벗어났기 때문에 '부처(깨어있는 자)'이다. 또한 활짝 핀 연꽃
  처럼 진리를 향해 내면의 닫혀 있는 문을 부수고 깨달음을 얻었기 때
  문에 '부처(열려있는 자)'이다.

- **보리심** 깨달음을 얻은 마음을 말한다. 상대적인 의미에서는 모든 중
  생을 구제하기 위해 열반의 경지에 이르고자 하는 서원과 그것이 수
  반하는 수행을 뜻하고, 절대적인 의미에서는 모든 존재의 본성과 현
  상을 꿰뚫어보는 지혜를 말하며 속세의 개념을 넘어선 공空과 자비심

이 하나가 된 상태를 말한다.

- **보살** 보리를 얻은 존재이자 미래의 부처. 보살은 자비심을 수행하고 육바라밀을 실천하는 데에 자신을 헌신하고 모든 중생의 행복을 위해 깨달음을 얻고자 서원을 올린 사람이다. 또한 보살은 다른 이들을 먼저 구제하기 위해 자신의 깨달음을 뒤로 미룬 존재이다. 보살을 티베트어로 문자 그대로 옮기면 '깨달음을 얻은 영웅'이다.

- **달마** 석가모니 부처가 설파한 모든 가르침이다. 또는 깨달음에 이르는 길을 보여준 모든 깨인 존재들을 뜻하기도 한다.

- **게셰** '영적인 친구'를 뜻하는 티베트어. 종래에는 티베트 불교의 겔룩파 전통에서 수년에 걸쳐 수도승 교육을 성공적으로 마치고 높은 경지의 교리적 가르침을 받은 스님을 칭하는 용어로 쓰이고 있다.

- **환생한 라마** 툴쿠tulku라고도 하며, 높은 경지의 깨달음을 성취하고 중생을 구제하고자 하는 갈망으로 못다 한 영적 임무를 다하기 위해 환생한 스승을 가리키는 말이다. 일반적으로 지혜와 예지력 그리고 치유력과 같은 강력한 영적 재능을 가지고 태어나는 것으로 알려져 있다.

- **툴쿠** 문자 그대로 옮기면 '화신化身'이 된다. 티베트 불교의 전통에 따르면 툴쿠는 환생한 라마로 공식적인 인정을 받은 사람이다. 요즘

에는 '툴쿠'가 서구 세계에서 환생한다고 알려져 있다.

• **업** 몸과 말과 마음의 지고한 행위가 우리를 행복으로 이끌고, 부도덕한 행위는 우리를 고통으로 이끈다는 일련의 인과의 법칙이다. 현생에서의 모든 행위는 환생의 조건이 되며 다음 생을 결정하는 원인이 된다.

• **카르마파** 티베트 불교의 한 종파인 카규파에서 환생한 보살 또는 툴쿠의 계보를 이르는 말이다. 카르마파는 관세음보살의 환생으로 여겨진다.

• **염주** 구슬을 꿰어 만든 것으로 일반적으로 108주이다. 여러 전통의 불교에서 만트라를 읊을 때 그 수를 기억하기 위해서 사용한다.

• **만트라** 공력이나 주술의 힘을 가지고 있는 신성한 언어로, 명상을 하면서 읊는다.

• **메따** 달라이 라마에 따르면, 자비심이 다른 이들의 고통을 함께 나누고자 하는 마음이라면 메따는 다른 이들이 행복하기를 바라는 참된 열망이다.

• **공덕** 몸과 말 그리고 마음의 선행으로 쌓이는 업보.

• **용수보살** 고대 인도의 위대한 스승 중 한 사람으로서 약 기원전 50년 경부터 기원후 550년까지 약 6백 년을 살았다. 티베트 불교의 모든 계

파에 영향을 끼친 중관파中觀派의 철학적 기초를 마련한 선구자이다. 또한 밀교의 주요 탄트라 수행의 시조이기도 하다. 《보행왕정론》과 심오한 주석서 《대지도론》을 저술했다.

- 린포체 사전적 의미로는 '가장 고귀한 사람' 으로 티베트 불교에서 환생한 라마, 주지승, 존경받는 스승들을 칭하는 용어이다.

- 석가모니 현겁에 등장하는 일천의 부처 중에서 네 번째 부처에 해당한다. 북인도 석가족의 왕자로 태어나 후에 불교라 불리는 종교의 창시자가 되었다. 수트라와 탄트라를 통해 해탈의 경지에 이르는 길을 가르쳤다. 석가모니라는 이름은 '석가족의 성자聖者' 라는 뜻이다.

- 샨티데바 인도의 위대한 스승이자 8세기 날란다 불교 대학의 학자이다. 보살로서의 삶을 유려하면서도 시적인 문장과 통찰력으로 설파한 《입보리행론(보살 수행 입문서)》을 저술했다.

- 육바라밀 보살이 열반에 이르기 위해 실천해야 하는 여섯 가지 덕목이다. 보시와 인욕, 지계, 정진, 선정 그리고 지혜를 이른다. 티베트 불교에서는 깨어있는 삶을 살기 위해서 고승이 따라야 할 수행 지침으로 가르친다.

- 탱화 부처의 다양한 모습과 저마다 다른 에너지를 표현하는 신들의 모습을 그린 신성한 그림으로, 명상을 수행할 때 이미지를 떠올리거

나 영감을 얻는 데에 도움을 준다.

• **위빠싸나** 마음과 현상 속에 내재한 허상을 꿰뚫어보는 통찰 명상법이
다. 남방 불교의 전통에서는 몸과 마음의 감각을 명징하게 깨우는 데
에 수행하는 명상법 중의 하나이다.

이야기를 들려주신 분들

- **조앤 핼리팩스 로시 박사** 인류학자이면서 불교학을 가르치고 있습니다. 뉴멕시코에 우파야라는 불교학센터를 설립하여 윤리적인 삶을 장려하는 데에 힘쓰고 있습니다.

- **파트룰 린포체** 19세기 위대한 티베트 스승으로, 자세하면서도 정곡을 찌르는 가르침을 주기로 유명합니다. 수도원을 떠나 노숙과 방랑의 삶을 살았습니다.

- **소걀 린포체** 족첸명상의 스승으로, 20세기 위대한 스승이었던 잠양 키엔체 최키 로드뢰 하에서 가르침을 받았습니다. 케임브리지 대학에서 비교종교학을 공부했으며, 삶과 죽음를 주제로 다수의 강연을 하고 있습니다.

- **세규 초에펠 린포체** 브라질 태생으로, 미국에서 티베트 불교를 배우다가 17세기 탄트라 스승인 도르제 장포의 화신으로 인가를 받은 후,

212

1997년에 세규파 계보에 공식적으로 이름을 올렸습니다. 미국 힐링붓다협회의 창립멤버이자 주지승입니다.

- **틱낫한** 참선을 설파하면서 평화운동에 힘쓰고 있습니다. 마흔 권이 넘는 책을 써냈으며, 마틴 루터 킹에 의해 노벨 평화상 후보에 오르기도 했습니다. 현재 프랑스에 있는 명상 공동체인 플럼빌리지에 머물고 있습니다.

- **버나드 테츠겐 글라스먼 로시** 참선평화주의자승가회의 공동 창립자이자, 뉴욕 참선회, 로스앤젤리스 참선센터, 아이딜와일드 참선산사센터의 주지승으로 있습니다. 웹사이트 www.zenpeacemakers.org

- **타르탕 툴쿠** 티베트 출신으로, 불교 사상과 심리학, 과학, 인문학을 통합하는 연구에 평생을 바쳤습니다. 달마 출판, 달마 신문, 닝마협회, 오디얀컨트리센터 등을 만들었습니다.

- **켄포 체왕 갸초** 저명한 티베트 불교 학자이자 성하 페노르 린포체의 대리인입니다. 인도 남드룔링 수도원에서 켄포 학위가 있는 원로 중 한 사람입니다.

- **케이트 오닐 교육석사** 위빠싸나와 참선 명상을 수행하며 현재는 상담가와 교사, 화가, 작가로 활동하고 있습니다. 1992년에 틱낫한의 상즉종相卽宗에 귀의했습니다.

- 존 F. 케네디 주니어 35대 미국 대통령의 아들로, 뉴욕지방검사를 역임했고, 약 십 년간 국내외 여러 사건에 대한 정치적·사회적 견해를 담은 조지라는 잡지를 발행했습니다.

- 샤론 아자르 한 이십 년이 넘게 명상 수행을 해오고 있습니다. 동물을 사랑해서 유기견들을 구조하는 단체인 W.O.O.F.을 설립하고, 유기견(때로는 고양이까지)들을 돕는 일에 힘쓰고 있습니다.

- 찬 콩 자매(진공眞空) 베트남에서 태어나 틱낫한과 함께 청년사회봉사학교를 세워 베트남 농촌지역에 의료, 교육, 농업 시설을 만들고 전쟁으로 폐허가 된 지역을 일으키는 데에 기여했습니다. 지금은 플럼빌리지의 법사이자 주지승으로 있습니다.

- 팔덴 갸초 티베트 남부에서 태어나 19세 때 수도승이 되었습니다. 중국의 티베트 박해로 인해 투옥되었다가, 석방된 후에는 감옥에 남아 있는 티베트인들을 위해 투쟁을 계속했습니다.

- 줄리아 러셀 전 세계를 여행하며 알게 된 다양한 정신문화의 전통을 시각적으로 표현할 수 있는 천부적인 재능을 계발하여 철저하게 혼자서 예술가의 길을 닦았습니다. 약 35년간 명상 수행을 해오고 있습니다.

- 오르겐 토브갈 린포체 불교 지도자와 요가 수행자 집안에서 태어났으

며, 금강승 의식뿐 아니라 불교 역사와 수행법에 아주 정통합니다. 젊은 라마승들 사이에서는 보수와 진보를 잇는 가교로 여겨집니다.

• **샤론 잘츠베르크** 35여 년간 명상을 수행해오고 있습니다. 통찰명상협회의 공동창립자로, 전 세계의 사찰을 다니며 명상을 가르치고 있습니다.

• **미셸 루소** 이십여 년 전에 불교에 발을 들여 놓은 후로 딜고 키엔체 린포체와 뇨슐 켄포 린포체, 소걀 린포체에게 가르침을 받았습니다.

• **페마 최드뢴** 초걈 트룽파 린포체의 수제자로서 캐나다에 있는 감포 수도원의 총책임을 맡고 있습니다. 최근 명상 수행가로 주목받고 있으며, 연설가이자 작가로도 활동하고 있습니다.

• **14대 달라이 라마, 텐진 갸초** 티베트 망명정부의 지도자이자 티베트인들의 영적·정치적 지도자입니다. 세계평화와 인권을 지키기 위해 힘쓰고 있으며, 1989년 노벨 평화상을 받았습니다.

• **마이클 다미안** 갈등관리 전문가로, 현재 뉴욕에서 비영리단체를 운영하고 있습니다. 1979년에 수피교 아드난 사란의 제자로 있다가 1987년부터 소걀 린포체에게 티베트 불교의 가르침을 받았습니다.

• **세포 에드 파리** 간화선불교 수도승으로, 요리학교 강사이자 영양사로도 활동하고 있습니다. 요리책《세 개의 그릇: 미국 선불교 수도원의

채식조리법》으로 제임스 비어드 어워드 최고상을 받았습니다.

- **제프리 홉킨스 박사** 미국 버지니아 대학 티베트학 명예교수이자 남아 시아 연구 센터의 총괄자입니다. 종종 티베트 불교와 관련된 책도 펴 내고 있습니다.

- **투브텐 로드뢰** 프랑스에서 태어나 티베트 불교의 겔룩파계 수도승이 되었습니다. 셴펜 라마승과 함께 그리스의 파로스 섬에 명상 센터를 세웠습니다.

- **라마 수리아 다스** 시인이자 작가이자 티베트 불교 수도승으로 명상 수행법을 가르치고 있습니다. 매사추세츠 주에 본부를 둔 족첸협회의 설립자입니다. 웹사이트 www.dzogchen.org

- **파드마 노르부(페노르) 린포체** 전 세계 약 이천 명에 이르는 수도승들 의 고향인 팔율 남드뢸링 사원의 설립자이자 최고린포체입니다. 인도 의 성자 비말라미트라의 화신으로 알려져 있습니다.

- **김재웅 법사** 우리나라 최초의 불교학 박사 故백성욱의 수제자로, 금 강경독송회의 이사장으로 있으면서 한국과 미국에서 불교의 교리를 설파하고 있습니다.

- **바버라 브로드스키** 심각한 청각 장애를 앓고 있으면서도 전 세계의 수련생들을 대상으로 명상을 가르쳐왔으며, 현재는 미시건 주 앤아버

에 있는 딥스프링 센터의 명상 선생님으로 있습니다.

- **실비아 소머빌** 이십여 년동안 제춘마 아퀸 노르부 라모의 제자로 있었습니다.

- **카르마 레크셰 초모** 1982년에 우리나라에서 비구니계를 받았습니다. 세계여성불자협회인 사캬디타에서 총무직을 맡고 있으며, 비디오 예술가이자 작가로도 활동하고 있습니다.

- **타라브 툴쿠 린포체** 환생한 라마로 타라브 툴쿠 11세입니다. 티베트 드레풍 사원대학에서 불교철학과 심리학을 공부하여 게셰 라람파 학위를 획득했습니다. 유럽 여러 지역에 타라브 재단을 설립했습니다.

- **라마 초에닥 유톡** 호주에 있는 롱톤 불교대학을 설립하여 총괄적인 지휘를 하고 있으며, 이 외에도 호주 전역에 걸쳐 있는 많은 불교연계 센터에 조언을 주고 있습니다.

- **니나 마처** 의료상담사, 도시계획가, 작업치료사, 펠덴크라이스 치료사, 심리치료사와 같이 다양한 분야에서 활동한 바 있으며, 1978년에 초기암 트룽파 린포체를 통해 처음 불교를 접했습니다.

- **아르멘 도넬리안** 피아니스트이자 밴드 리더로, 지금까지 소니 롤린스, 쳇 베이커, 빌리 하퍼 등과 작업을 했습니다. 뉴저지 주의회가 선정한 아트 20000 펠로우십 작곡부문 수상자입니다.

- **룽그리 남걀** 인도 보딜라에 있는 티베트 불교 겔룩파를 일으킨 규토 사원의 주지승을 지낸 후, 지금은 유럽 전역의 다수 사원을 관할하고 있습니다.

- **마샤 울프** 비영리기관인 대체자원주식회사와 티베트난민건강관리프로젝트의 창립자로 책임자입니다. 유방암 전이 치료에 있어 티베트 의약품으로는 최초로 FDA의 승인을 받아 임상실험에 들어가게 한 연구가입니다.

- **달렌 코언** 스즈키 로시 계파의 수도승으로 입명받았습니다. 주로 리차드 베이커 로시에게 불교의 가르침을 받았으며, 현재 샌프라니스코에 있는 참선 센터에서 강사로 활동 중입니다.

- **다이앤 마틴** 묵조선 수도승이자 중범죄자들을 위한 심리치료 박사학위를 갖고 있습니다. 병원과 감옥에서 명상과 함께 선교활동을 장려하는 우담바라 승가를 설립했습니다.

- **라마 센펜** 프랑스 태생으로, 티베트 사원인 날란다에서 가르침을 받은 후 수도승이 되었습니다. 남인도에 있는 티베트난민캠프를 위한 네 가지 인도주의적 임무를 만든 공을 인정받아 프랑스 로타리클럽으로부터 '봉사상'을 수여받았습니다.

- **자비스 제이 마스터스** 산 쿠엔틴 주교도소에서 사형 선고를 받고 복

역 중인데, 현재 승가 회원들의 캠페인으로 항소 중에 있습니다.

• **조애나 불** 소걀 린포체에게 티베트 불교의 가르침을 받았습니다. 길 다클럽의 설립자로서, 현재는 심리치료사이자 명상 수행가로 활동하고 있습니다.

가슴을 파고드는 진솔한 이야기

– 조앤 핼리팩스 로시
《미국에서 불교도로 산다는 것》《죽음을 안고 살아가는 사람들》의 저자

이야기를 공유하는 행위는 인류가 불을 사용해온 시간만큼이나 오래된 일이다. 부족사회에서는 꿈과 미래 그리고 통과의례를 공유하며 자신들이 누구이고, 어디에서 비롯되었으며, 어디를 향해 나아가고 있는지를 깨달았다. 그리고 이야기를 나누면서 어떻게 사랑하고, 어떻게 싸울 것이며 또 어떻게 화해하고 어떻게 살아갈 것인지를 배웠으며, 예상치 못했던 일들에 대처해왔다.

삶에서 가장 의미 있었던 순간들에 대한 이야기를 공유한다면, 현재의 우리도 무작정 앞만 보고 달려가는 24시간을 보다 더 의미 있고 훌륭한 시간으로 만들 수 있으며, 무엇보다 상처를 치유하는 시간으로 만들 수 있다.

이야기를 공유하면 우리의 차이점은 물론 공통점도 확인할 수 있다. 나는 죽음을 연구하는 과정에서, 불치병에 걸린 사람들에게는 한 가지 공통점이 있다는 것을 알게 되었다. 영원히 살 수 없다는 것을 받아들인 사람들은 최악의 상처까지 치유하는 자비심을 한없이 드러낸다는 것이었다. 카포시 육종을 앓고 있던 어떤 사람은 좀 더 오래 살 수 있기를 원했는데, 그 이유는 자신과 같은 병에 걸린 모든 사람들의 고통을 직접 보살펴주고 싶었기 때문이었다. 또한 숨을 거두기 몇 시간 전에 평생 품어왔던 분노를 벗어던지고 마침내 딸의 사랑을 받아들인 사람도 있었다.

　　하지만 마음을 열기 위해 죽음이 다가올 때까지 기다려야만 하는 것은 아니다. 부처는 명상 수행을 통해 우리의 가장 큰 나약함과 가장 큰 가능성을 깨달을 수 있으며, 그로 인해 진정한 자신을 발견할 수 있다고 했다. 나의 친구이자 달마 형제인 버니 글라스먼은 이 책에서 "그런 깨달음을 통해 우리는 섬기는 법을 배우게 된다"고 말했다.

　　이 책에 수록된 아름다운 이야기들은 부처가 2,600년 전에 깨달았던 수행의 핵심을 엿볼 수 있게 해준다. 가슴을 파고드는 진솔한 우리 시대의 이야기들은 불교가 무미건조하고 낡은 종교가 아니며, 현실의 문제에 실질적인 해결책을 제시하는 생동감 넘치는 종교라는 것을 보여준다. 뛰어난 승려에서부터 평범한 수련생까지 이 책에 소개된 수행자들은 '비현실적인 자비'라고 부를 수도 있는, 자기 존재의 알 수 없는 영역으로 과감히 뛰어든다. 자비는 단순한 위로를 넘어 한 걸음 더 나아가는 것이며 자신과 타인을 하나의 연속체로 받아들이는 것이다. 머뭇거리거나 포기하지 않고, 있는 그대로의 세상을 정면으로 바라보는 것이다. 그러므로 자비는 우리 모두에게 절실하게 필요한 정신의 상태이자 존재의 조건인 것이다.

새로운 천 년을 살고 있는 우리는 자신과 타인의 삶 그리고 이 세상을 훌륭하게 만들 수도 있으며, 동시에 비참하게 만들 수도 있다. 오늘날에는 과학자들마저도 지구의 생존은 우리의 뇌뿐만이 아니라 마음에 의해 결정될 것이라고 말한다. 하지만 용기 또한 필요하다. 여기에 수록된 이야기들이 우리의 마음에 힘과 용기를 주고, 우리 모두를 더욱 높고 더욱 심원한 바탕으로 이끌어 가는 데 도움이 되기를 기원한다.

참고서적 ┃ 이 책에 인용된 문구들은 해당 저작권자로부터 사용을 허락받았습니다.

p.31 부처가 행한 최초의 공덕 – 《The Words of My Perfect Teacher》(Shambhala Publications) by Patrul Rinpoche

p.33 보리심의 근원 – 《International Journal of the Rigpa Fellowship》(Rigpa Fellowship), August 1990 by Orgyen Tobgyal Rinpoche

p.39 마음이 통하는 길 – 《Being Peace》(Parallax Press) by Thich Nhat Hanh

p.41 집착에서 벗어나라 – 《Bearing Witness: A Zen Master's Lessons in Making Peace》(Bell Tower) by Bernie Glassman

p.43 아낌없이 주는 마음 – 《Mother of Knowledge: The Life of Ye-shes Mtsho-rgyo》(Dharma Publishing) by Nam-mkhai sNying-po, translated by Tarthang Tulku and Jane Williams

p.46 어느 주지스님의 용서 – 《Buddhist Women on the Edge: Contemporary Perspectives from the Frontier》North Atlantic Books) by Marianne Dresser

p.59 달라이 라마와의 인터뷰 – 《George》 magazine(George Publications), December 1997 by John F. Kennedy, Jr.

p.71 죽음도 두려워하지 않는 봉사 – 《Learning True Love: How I Learned and Practiced Social Change in Vietnam》(Parallax Press) by Chan Khong

p.73 목숨을 살린 명상의 힘 – 《Snow Lion》 newsletter, Volume 15, no.1.

p.83 표현해야 사랑이다 – 《Lovingkindness: The Revolutionary Art of Happiness》(Shambhala Publications) by Sharon Salzberg

p.88 외로움이 가장 큰 분노를 만든다 – 《Start Where You Are: A Guide to Compassionate Living》(Shambhala Publications) by Pema Chodron p.94 인간이 가진 두 개의 가면 – 《Ethics for the New Millenium》(Riverhead Books) by The Dalai Lama

p.107 우리들은 모두 특별한 존재 – 《The Tantric Distinction: A Buddhist's Reflections on Compassion and Emptiness》(Wisdom Publications) by Master Jae Woong Kim

p.117 자비심의 참뜻 – 《The Snow Lion's Turquoise Mane: Wisdom TAles from Tibet》(HarperCollins Publishers) by Lama Surya Das

p.121 공덕 쌓기 – 《Polishing the Diamond, Enlightening the Mind: Reflections of a Korean Buddhist Master》(Wisdom Publications) by Master Jae Woong Kim

p.171 어느 사형수의 깨달음 – 《Finding Freedom: Writings from Death Row》(Padma Publishing) by Jarvis Jay Masters

pp.174, 177 포용 명상법/새롭게 시작하라 – 《Teachings on Love》(Parallax Press) by Thich Nhat Hanh

224